我的第一本法語課本

｜QR碼行動學習版｜

FRENCH

U0072006

全音檔下載導向頁面

http://www.booknews.com.tw/mp3/9789864543311.htm

掃描 QR 碼進入網頁後，按「全書音檔下載請按此」連結，可一次性下載音檔壓縮檔，或點選檔名線上播放。

全 MP3 一次下載為 zip 壓縮檔，部分智慧型手機需安裝解壓縮程式方可開啟，iOS 系統請升級至 iOS 13以上。

此為大型檔案，建議使用 WIFI 連線下載，以免占用流量，並請確認連線狀況，以利下載順暢。

作者序

歡迎來到法語的世界

法語是簡單、優美且重要的語言。全世界大約有43個國家家以上是以法語為母語，或是把法語列入通用的國際語言langue internationale。幾乎在全球五大洲都使用著法語，因此，為了成為全球化時代的主角，不只是英語，學習法語也是勢在必行的一種趨勢。

法語在聯合國（UN）、歐洲聯盟（EU）、國際紅十字會（ICRC）、國際足球總會（FIFA）、國際奧林匹克委員會（IOC）和萬國郵政聯盟（UPU）等機構被公認為正式的官方語言，因此法語流利的人才在國際貿易、國際機構、觀光飯店業、餐飲業、媒體新聞業、外交事務、法國研究、口筆譯等領域皆受人重用。

本書是針對初級法語學習者所編寫，列舉日常生活中實用的法語會話，透過簡單的基礎文法解說，加上清楚的表格圖解及有趣的插畫，冀望讀者能達到基礎法語溝通。

本書透過日常生活相關的會話來奠定法語基礎外，還編寫了一些法國文化，冀望透過文化的洗禮來幫助法語能力的養成。

作者　朴鎮亨

我的第一本法語
課本文法手冊

名詞的組成

1 用法：法語的所有名詞分為陽性及陰性。

具備自然性的名詞　人或動物等男女或雌雄明確，按照自然界性別區分。

⟨例⟩ ．陽性：homme 男人 　．陰性：femme 女人

文法上的區分　無生物名詞的陽陰性按照慣例。

⟨例⟩ ．陽性：soleil 太陽 　．陰性：lune 月亮

2 形態

⟨例⟩ un ami（男性）朋友 　→ 　une amie（女性）朋友

陽陰同型　某些陰性名詞與陽性名詞同形的情況：

陽性名詞字尾不加e，陰性名詞字尾不加e

陽性名詞字尾已有e，是陰陽同形，可視名詞前面的冠詞來分辨陰陽性

⟨例⟩ un enfant 男孩 　→ 　une enfant 女孩

un journaliste 男記者 　→ 　une journaliste 女記者

註釋 陽性名詞+e → 陰性名詞

3 不規則變化：除了規則變化外，亦有不規則的名詞變化。

形態	陽性 →陰性		意思
e → -esse	prince →	princesse	王子→公主
-en → -enne -an → -anne	lycéen →	lycéenne	男高中生→女高中生
-er → -ère	étranger →	étrangère	外國人（男） →外國人（女）
-eur → -euse -eur → -rice	chanteur → acteur →	chanteuse actrice	男歌手→女歌手 男演員→女演員

名詞的單複數

1 用法：單數名詞後加s變複數形

2 形態　　一般情況

單數名詞 ✚ -s ＝ 複數名詞

例 ami 朋友 → amis 朋友們

-s,-x,-z結尾的名詞

單數名詞 ＝ 複數名詞

例 pays 國家 → pays 許多國家

-al, -ail 結尾的名詞

-al/-ail ➡ aux

例 animal 動物 → animaux 動物們

-au, -eu 結尾的名詞

單數名詞 ✚ -x ＝ 複數名詞

例 cheveu（一根）頭髮 → cheveux（多根）頭髮

> **註釋** 複數形的發音一般來說與單數形相同；字尾的s通常不發音。

不定冠詞

1 形態

	陽性	陰性
單數	un	une
複數	des	

2 用法

用來表示未定的、或初次提到的人或物。
等於英文的不定冠詞a/an

 un livre 一本書　→　des livres 一些書

une table 一張餐桌　→　des tables 一些餐桌

C'est un crayon.　　　這是一支鉛筆。

> 註釋　定冠詞與不定冠詞需跟名詞的陰陽性及單複數一致。

 定冠詞

1 形態

	陽性	陰性
單數	le / l'	la / l'
複數	les	

>> l'為後面接母音開頭或啞音h開頭的單數名詞。

4

2 用法

用來表示特定的人、物或上文已提到的人、物；相當於英語的the。

例　le livre　那本書　　→　　les livres　那些書

　　la table　那張餐桌　　→　　les tables　那些餐桌

　　l'arbre　那棵樹　　→　　les arbres　那些樹

3 定冠詞的合併

定冠詞le/les出現在前置詞à或部分冠詞de後面時，需縮寫成au/aux或du/des。

à + le	→	**au**	de + le	→	**du**
à + les	→	**aux**	de + les	→	**des**

例　Nous allons au cinéma.　　　　　我們去電影院。
　　　　　　　à + le

　　C'est le père du garçon.　　　　　這是那位男孩的父親。
　　　　　　　de + le

> **註釋**　陰性單數定冠詞la出現在à或de後面，不作任何改變。
> 　・à + la = à la　　　　　・de + la = de la

部分冠詞

1 形態

	陽性	陰性
單數	du / de l'	de la / de l'

>> de l'為後面出現母音或啞音h開頭的名詞。

> **註釋** 部分冠詞只有單數形。

2 用法

用來表示不可數名詞的一部分。

 de l'argent 錢　　　　de l'eau 水

Il mange de la viande.　　他吃肉。

└─ 陰性名詞

> **註釋** 不可數名詞指的是如同英語裡的物質名詞或抽象名詞。
>
> ・物質名詞：水、肉…　　・抽象名詞：運氣、勇氣、愛…

 否定de

1 用法：受詞前的(un/ une/ des)不定冠詞或(du/ del' / de la/ des)部分冠詞在否定句中一律改成de。

un → de

 J'ai un crayon.　→　Je n'ai pas de crayon.

我有一枝鉛筆。　　　　我沒有鉛筆。

$$\text{de l' } \rightarrow \text{ d'}$$

例 Il boit de l'eau. → Il ne boit pas d'eau.
他喝水。　　　　　　他不喝水。

 ## 介紹詞和冠詞

1 用法

介紹詞後面接冠詞，[主詞代名詞 + être] 構句中，後面接的名詞如果是國籍、職業等，名詞前不加冠詞。

2 形態與意思

Voici [Voilà] + 冠詞 + 名詞	這是[那是]～
Il y a + 冠詞 + 名詞	有～
C'est + 冠詞 + 名詞	這位是～／這個是～
Il / Elle est + 名詞	他／她是（它是）～

例 C'est le livre de Paul.　　　　這是保羅的書。
　　　　冠詞 名詞

Il est professeur.　　　　　　他是教授。

être 的第三人稱單數形　　名詞[職業]

主詞與強調人稱代名詞

▌１ 形態與用法

主詞人稱代名詞在句子裡為主詞的作用，強調人稱代名詞通常出現在 C'est或介系詞後，表示強調。

單複數	人稱	主詞人稱代名詞			
		主詞	意思	強調人稱代名詞	意思
單數	第一人稱	je	我	moi	我
	第二人稱	tu	你	toi	你
	第三人稱陽性	il	他／它	lui	他／它
	第三人稱陰性	elle	她／它	elle	她們／它
複數	第一人稱	nous	我們	nous	我們
	第二人稱	vous	您（們）	vous	您（們）
	第三人稱陽性	ils	他們／它們	eux	他們／它們
	第三人稱陰性	elles	她們／它們	elles	她們／它們

例 Moi, je suis coréen.　　我是韓國人。　[用來強調主詞]

C'est lui.　　就是他。　[C'est後面]

Les livres sont à nous.　　那些書是我們的。　[介系詞後面]

> **註釋**　主詞人稱代名詞出現在動詞前面；強調人稱代名詞隨著前後文關係（脈絡）和情況的不同，出現的位置也會不一樣。

受詞人稱代名詞

1 形態與用法

受詞人稱代名詞分成直接受詞及間接受詞。表示接受動詞的動作，大部分置於動詞前面。除了肯定命令句之外，句尾有à等介系詞的詞組，後面所接的名詞為間接受詞，以間接受詞的人稱代名詞取代，沒有介系詞的名詞為直接受詞，以直接受詞的人稱代名詞取代。

單複數	人稱	受詞人稱代名詞			
		直接受詞	意思	間接受詞	意思
單數	第一人稱	me(m')	我	me(m')	我
	第二人稱	te(t')	你	te(t')	你
	第三人稱陽性	le(l')	他、它（陽性）	lui	他
	第三人稱陰性	la(l')	她、它（陰性）		她
複數	第一人稱	nous	我們	nous	我們
	第二人稱	vous	你們、您	vous	你們、您
	第三人稱陽性	les	他們、它們	leur	他們
	第三人稱陰性		她們、它們		她們

>> me, te, le/ la後面出現以母音或h啞音開頭的單子需縮寫成m', t', l'

第一、二人稱的直接受詞與間接受詞雖然形態一樣，但必須以動詞來判斷（有無介系詞à）是直接或間接受詞代名詞。

例 Il me regarde.　他看著我。　　Il me parle.　他對著我說。
　　　直接受詞　　　　　　　　　　間接受詞

註釋 ・受詞人稱代名詞置於動詞前面。
　　　・否定用法：[ne +受詞人稱代名詞+動詞+pas]

第三人稱間接受詞人稱代名詞lui, leur只用於代替跟人相關的名詞。

例 Il répond à son père. → Il lui répond.

他回應了他的父親。　　　　　　　　他回應了他（父親）。

> **註釋** 定冠詞接的直接受詞[le, la ,les]

中性代名詞

1 形態與用法

中性代名詞有y, le ，en三種。無性別及單複數的變化，中性代名詞置於動詞前面。

y

[à +事物名詞]或場所介系詞[à/dans/sur/sous/chez + 名詞]

例 Il faut que tu t'inscrives au cours d'informatique demain. Penses-y !

明天你要報名上電腦課。別忘了！

> **註釋**　· à　　：在～、往～　　　· sur　：在～之上　　　· chez　：在（誰）家
> 　　　　· dans　：在～裡面　　　· sous　：～在～下面

le 那樣

[être +形容詞]或[動詞 + 原形動詞]

例 Vous êtes content ? 您滿意嗎？ → Oui, je le suis. 是，確實如此。

en

[de + 事物名詞]或[不定冠詞／部分冠詞／數量的表現 + 名詞]

例 Paul rêve de faire le tour du monde, et moi, J'en ai très envie aussi.

保羅夢想環遊世界，我也很想。

疑問代名詞

1 形態與用法

　　詢問誰、什麼的疑問代名詞，主詞、受詞、疑問代名詞區分為詢問人及詢問事物，以est-ce que開頭的情況，主詞跟動詞不須要倒裝。

不倒裝

		人	事物
主詞		qui 誰…	−
		qui est-ce qui 誰…	qu'est-ce qui 什麼…
直接受詞		qui …誰	que …什麼
		qui est-ce que …誰	qu'est-ce que …什麼
間接受詞		介系詞 + qui	介系詞 + quoi
		介系詞 + qui est ce-que	介系詞 + quoi est-ce que

例 Qu'est-ce que tu fais ?　　=　　Que fais-tu ?　　你做什麼？
　　　主詞 + 動詞　　　　　　 動詞 + 主詞

例 À qui est-ce que vous pensez ? = À qui pensez-vous ?
　　您想誰？

品質形容詞

1 用法

品質形容詞為描述名詞的模樣、形態或特徵，修飾名詞，陰陽性、單複數需與名詞一致。

| 出現在名詞前面或後面修飾 | 例 une jeune fille française |

一位年輕的法國女孩。

| 出現在être 動詞後面，當主詞補語 | 例 Elle est belle. |

她是美麗的。

2 陰陽性形容詞

| 陽性單數形容詞 ＋ e ＝ 陰性單數形容詞 |

例 grand ⋯→ 例 grande 大

陰性單字以子音結尾需發音

| 但語尾 –e結尾，陰陽同形： | 特殊情況 |

例 jeune ⋯→ 例 jeune 年輕的

註釋 陽性＋ e ＝ 陰性：子音字尾加e變成陰性名詞的話，原本不發音的子音需發音。

| 重複子音字尾加e： | 重複子音字尾的情況 |

例 bon ⋯→ 例 bonne 好的

| 陽性形容詞與陰性形容詞不同形： | 例外的情況 |

例 beau ⋯→ 例 belle 美麗的
　　long ⋯→ 　　longue 長的

	陽性	陰性
單數	－	-e
複數	-s	-es

陽性形容詞與陰性形容詞不同形：　單數形容詞以–f結尾的情況

例 neuf　　→　　例 neuve　新的

3 單數與複數

單數+ -s = 複數　一般規則

例 petit　　→　　例 petits　小的

單數 -s, -x結尾的情況：　特別的情況（不變）

例 heureux　　→　　例 heureux　幸福的

單數 –al結尾的情況：　-al → -aux

例 national　　→　　例 nationaux　國家的

單數 – eau結尾的情況：　單數+ x = 複數

例 beau　　→　　例 beaux　美麗的

4 形容詞的位置

形容詞出現於名詞後面　　　例 J'ai des amis <u>français</u>.　我有一些法國朋友。

註釋	國籍、長相、顏色、氣候、味道或音節長的形容詞必定置於名詞後面。

但是，下列形容詞置於名詞前面

grand 大的／petit 小的／beau 美麗的／bon 好的／joli 美、帥的／mauvais 壞的

例 une <u>jolie</u> femme　　　一位漂亮的小姐

5 形容詞的一致

形容詞須與被修飾名詞的陰陽性、單複數一致

例 un petit jardin ── 一座小的花園
陽性名詞

une petite maison ── 一間小房子
陰性名詞

> **註釋** 須注意陰性名詞語尾e的添加。

指示形容詞

1 形態與用法

用來限定某特定的名詞，均放在該名詞之前，並依該名詞的陰陽性、單複數而有所變化。

	陽性	陰性
單數	ce (cet)	cette
複數	ces	

例 ce crayon → ces crayons 這枝鉛筆 → 這些鉛筆
cette fleur → ces fleurs 這朵花 → 這些花
cet homme → ces hommes 這個男人 → 這些男人

> **註釋** 以母音或啞音h開始的陽性單數名詞前，需加cet而不是加ce。

所有格形容詞

① 形態與用法

表達所有關係的形容詞，須視所有物（名詞）的陰陽性、單複數來決定所有格形容詞，並不是依所有者（主詞）的陰陽性、單複數來決定。

	意思	陽性	陰性	複數
je	我的	mon	ma	mes
tu	你的	ton	ta	tes
il/elle	他的／她的	son	sa	ses
nous	我們的	notre		nos
vous	您（們）的	votre		vos
ils/elles	他的／她的	leur		leurs

 le père de Jeanne　Jeanne的父親　→　son père　她的父親

　　la mère de Jean　　Jean的母親　→　sa mère　他的母親

> **註釋** 以母音或啞音h開頭的陰性單數名詞前面，因為連續兩個母音相遇，發音上較不容易，因此ma, ta, sa需改寫成mon, ton, son
> *ma amie (x) → mon amie (o)

 # 疑問形容詞

① 形態與用法

多少、什麼、哪樣的…等意思，下列四種雖然發音皆相同；但拼法卻不同。主要出現在名詞前面或動詞être前面。

	陽性	陰性
單數	quel	quelle
複數	quels	quelles

例　Quelle heure est-il ?　現在幾點？

形態

1 形態與用法

隨著動詞語尾的形態的不同，常見的有：

第一類動詞：–er結尾的動詞
第二類動詞：–ir結尾的動詞
第三類動詞：–ir, -oir, -re結尾的動詞
動詞隨著人稱及時態而變化。

動詞規則變化

	je	tu	il/elle	nous	vous	ils/elles
1 規則動詞 -er	-e	-es	-e	-ons	-ez	-ent
2 規則動詞 -ir	-is	-is	-it	-issons	-issez	-issent
3 不規則動詞 -ir, -oir, -re	-s/-x	-s/-x	-t	-ons	-ez	-ent

動詞規則變化例子

		1類動詞	2類動詞	3類動詞
		parler 說	finir 結束	venir 來
單數	je	parle	finis	viens
	tu	parles	finis	viens
	il/elle	parle	finit	vient
複數	nous	parlons	finissons	venons
	vous	parlez	finissez	venez
	ils/elles	parlent	finissent	viennent

> 註釋 語尾前就語幹來說，第一、二類的規則動詞語幹都相同；第三類不規則動詞有許多語幹不相同的情況。

② 用法

現在發生的事實

例 Il chante dans sa chambre. 他在他的房間唱歌。

永遠存在的事實

例 Je suis taiwanais. 我是台灣人。

以現在式表示不久的未來

例 J'arrive tout de suite. 我馬上到。

從過去開始到現在的事實

例 Elle habite à Paris depuis six ans. 她從六年前開始就住在巴黎。

 ## 複合過去式[助動詞avoir, être的現在式 + 過去分詞]

① 形態與用法：表示過去某時間點發生的事情

例 Elle est allée au cinéma hier soir. 她昨天晚上去了電影院。

助動詞	動詞	過去分詞的一致
avoir	及物動詞與大部分動詞	不變
être	場所的移動與代名動詞	主詞的陰陽性、單複數的一致

> **註釋** 複合過去式的組成
> ・avoir現在式 + 過去分詞
> ・être 現在式 + 過去分詞

★以être為助動詞的主要動詞

移動動詞	aller 去 partir 出發	venir 來 arrive 到達
形態變化動詞	naître 出生	mourir 死
反身動詞	se lever 起床、起身	s'asseoir 坐下

② 過去分詞

區分	過去分詞語尾	例子	
第一類動詞	-er ⟶ é	parler - parlé	說話
第二類動詞	-ir ⟶ -i	finir - fini	結束
第三類動詞	-é -i, -u, -s, -t	venir - venu	來

③ 複合過去式的否定

複合過去式的否定只要在助動詞前面加上ne，在助動詞後面加上pas。

ne + 助動詞 + pas + 過去分詞

avoir/être

例 Il est arrivé à l'heure. → Il n'est pas arrivé à l'heure.

他準時到達了。　　　　　　他沒有準時到達。

 # 未完成過去式

① 形態

描述過去一個行動的狀態或情況，過去的習慣反覆出現的動作。

現在式第一人稱複數語幹 + 未完成過去式語尾

人稱	je	tu	il/elle	nous	vous	ils/elles
語尾	-ais	-ais	-ait	-ions	-iez	-aient

★第一類動詞　parler　je parlais, nous parlions, ...

★第二類動詞　finir　je finissais, nous finissions, ...

★第三類動詞　venir　je venais, nous venions, ...

> **註釋** 未完成過去式等同於英語的過去進行式。

② 用法

過去的狀態或進行

例 En ce temps-là nous avions 20 ans.　在那個時候我們20歲。

過去的習慣及反覆在做的事

例 Tous les dimanches, nous rendions visite à nos grands-parents.
每個星期六，我們總是去拜訪祖父母家。

未來式

注意：être未完成過去式的變化：與être的規則變化不同，須特別注意。

être未完成過去式的變化：與être的規則變化不同，須特別注意。

人稱	未完成過去式
j'	étais
tu	étais
il/elle	était
nous	étions
vous	étiez
ils/elles	étaient

① 形態

第一、二類規則動詞　　**原形動詞 + 未來式語尾**

例 parler 說話　→　je parlerai, ... 我要說

第三類不規則動詞　　**未來式語幹（熟記）+ 未來式語尾**

例 aller 去 → j'irai 我將去　　/　venir 來 → tu viendras 你將來

規則動詞的未來式語尾：想成avoir現在式動詞變化

人稱	未來式語尾
je	-ai
tu	-as
il/elle	-a
nous	-ons
vous	-ez
ils/elles	-ont

② 用法

未來將發生的事實

例 Nous irons en France l'année prochaine.
我們明年將要去法國。

對於現在或未來的推測

例 Il viendra la voir ce soir.　他今天會來看她。

委婉的命令

例 Tu m'appelleras demain matin.　你明天早上打電話給我。

動詞	過去分詞語尾	意思
être	je serai,...	是
aller	j'irai,...	將去
avoir	j'aurai,...	將有
faire	je ferai,...	將做

即將發生未來式 aller + 原形動詞

1 用法：表達一個即將要進行的動作。

例 L'avion va partir dans deux heures.
飛機即將在兩個小時後出發。

aller的現在式動詞變化

人稱	現在式動詞變化
je	vais
tu	vas
il/elle	va
nous	allons
vous	allez
ils/elles	vont

剛發生之過去式 venir de + 原形動詞

1 用法：表達一個剛剛才發生過的動作。

例 Elle vient de faire du vélo.
她剛剛騎了腳踏車。

venir的現在式動詞變化

人稱	現在式動詞變化
je	viens
tu	viens
il/elle	vient
nous	venons
vous	venez
ils/elles	viennent

虛主詞

1 用法 虛主詞il主要是用來表示天氣或時間。

例 Il fait beau. 天氣晴朗。
Il est 3 heures et demie. 現在三點半鐘。

反身動詞

1 形態與用法

　　反身動詞由一個反身代名詞（主詞的人稱代名詞）後接著反身動詞所組成，隨著主詞人稱的不同，主詞後面的反身代名詞依序為 me(m'), te(t'), se(s'), nous, vous, se(s')。

　　一般來說，反身動詞主要表示此動作是由主詞本身來完成，此外，也有被動意味的用法、表達互相間的狀態、關係。

		se laver 洗	s'habiller 穿（衣服）
單數	je	me lave	m'habille
	tu	te laves	t'habilles
	il/elle	se lave	s'habille
複數	nous	nous lavons	nous habillons
	vous	vous lavez	vous habillez
	ils/elles	se lavent	s'habillent

例　Sophie se promène.　　蘇菲在散步。

　　Je m'appelle Jean.　　我叫約翰。

　　Ils s'aiment.　　他們彼此相愛。

 命令語氣

1 形態與用法

　　用於表示一種命令、一個勸告、一個祈求、一項建議或某種讓步。通常主詞為第二人稱，但主詞必須省略。當動詞為以-er結尾的第一類動詞時，且主詞是第二人稱tu，動詞語尾的s必須省略。

　　例　Va à l'école !　　（你）去學校！

副詞

1 用法：修飾動詞、形容詞、過去分詞或另一個副詞，形態固定不變。

2 形容詞的副詞化

陰性形容詞加上-ment形成副詞。

	形容詞	副詞	形容詞	副詞
原則上	heureux 幸福地	heureusement 幸福地	sûr 確實的	sûrement 確實地
例外	vrai 真正的	vraiment 真正地	gentil 親切的	gentiment 親切地

> **註釋** 但以母音結尾之陽性形容詞只需在字尾加上-ment便形成副詞。

3 疑問副詞

疑問副詞	quand	où	combien	comment	pourquoi
意思	什麼時候	在哪裡	多麼	如何	為什麼

例 Pourquoi partez-vous en TGV ? 為什麼您坐高速火車去呢？

數量副詞	意思
trop de ＋名詞	過多的
beaucoup de ＋名詞	很多的
assez de ＋名詞	蠻、足夠地
un peu de ＋名詞	稍微、一點點
peu de ＋名詞	不多

例 Il y a beaucoup de monde. 有很多人。

介系詞

1 用法

介系詞用以連接兩個單字，以表明此兩個單字間的關係，形態固定不變。在介系詞之後通常會有一個名詞、代名詞或原形動詞（又稱動詞不定式）

> 例 Il va à l'école. 他去學校。
>
> Elle parle de sa mère. 她在談論她的母親。

2 種類

de ～的、來自於：主要表達期願、來自於～、所有關係等

> 例 Je suis de Séoul. 我來自首爾。
>
> C'est la mère de Paul. 這位是保羅的母親。

à ～在、往：主要表達場所、時間等

> 例 Je vais à l'école. 我去學校。
>
> Elle travaille à Paris. 她在巴黎工作。

pour ～為了、～前往：與英語的for用法相似

> 例 C'est un cadeau pour toi. 這是給你的禮物。
>
> Nous partons pour New York. 我們去紐約。

否定句 ne(n') + 動詞 + pas

1 形態

否定句的形成只要在動詞前後分別加上ne與pas即可，口語上通常省略掉ne。

例 C'est le livre de Paul. → Ce n'est pas le livre de Paul.

這是保羅的書。 → 這不是保羅的書。

2 否定疑問與回答

對於否定疑問，用si與non來回答。

Vous n'êtes pas journaliste ? 您不是記者嗎？

肯定 Si, je suis journaliste. 是，我是記者。

否定 Non, je ne suis pas journaliste. 不是，我不是記者。

3 用pas以外的否定詞形成的否定句

ne ~ plus	不再~	ne ~ pas de ~ ni de ~	~既不~也 不是
ne ~ jamais	不曾~	ne ~ personne	不…任何人
ne ~ ni ~ ni~	~既不~也 不是	ne ~ rien	都沒有

例 Il ne fait plus froid. 天氣再也不冷了。

Il n'est ni riche ni pauvre. 他既不富有也不窮。

註釋 以母音或啞音h開頭的動詞前面需縮寫成n'

疑問句

1 無疑問詞的疑問句

> Est-ce que + 敘述句　　　例 Est-ce que tu es libre？　　你有空嗎？

> 倒裝疑問句　　　　　　　例 Es-tu libre？　　　　　　你有空嗎？

> 口語上用敘述句句尾語調上揚的疑問句
>
> 　　例 Tu es libre？　　　　你有空嗎？

2 有疑問詞的疑問句

> 疑問詞 + est-ce que + [主詞+動詞]
>
> 　　例 Où est-ce que vous allez？　您去哪裡？

> 倒裝疑問句
>
> 　　例 Où allez-vous？　　　　您去哪裡？

> 註釋　倒裝疑問句是典雅用法，而用est-ce que + 敘述句句尾語調上揚的疑問句則是標準用語。

> 日常生活會話裡，通常不使用疑問詞來構成疑問句，而是將敘述句句尾語調上揚來表是疑問。
>
> 　　例 Vous allez où？　　　　您去哪裡？

 感嘆句

3 形態：用感嘆形容詞quel或感嘆副詞來組成。

> Quel +（形容詞）+ 名詞！
>
> 　　例 Quel beau temps！　　真是個好天氣啊！

> Comme [Que, Combien] + 敘述句！
>
> 　　例 Comme il fait beau！　真是個好天氣啊！

形容詞與副詞的比較

1 形態與用法

優等比較	plus + 形容詞／副詞 + que
同等比較	aussi + 形容詞／副詞 + que
劣等比較	moins + 形容詞／副詞 + que

優等比較

> 例 Il est plus grand que Jean.　　　他比約翰高。

同等比較

> 例 Il est aussi grand que Jean.　　　他跟約翰一樣高。

劣等比較

> 例 Il est moins grand que Jean.　　　他比約翰還矮。

形容詞 bon的優等比較

> 例 Ce gâteau est meilleur que l'autre.　這個蛋糕比另一個好吃。

副詞bien的優等比較

> 例 Elle chante mieux que Jeanne.　　　她唱得比珍娜好。

> 註釋　形容詞bon(ne)的優等比較級為meilleur(e)，副詞bien的優等比較級則為 mieux。

句子成分

2 用法

① 主詞：主詞為文章裡的主人。

② 動詞：主詞的動作或形態。

③ 直接受詞：無介系詞，接受動詞動作的對象。

④ 間接受詞：受詞前面接著介系詞，間接接受動詞動作的對象。

⑤ 補語：名詞或代名詞的性質或狀態等，分為主詞補語與受詞補語。

⑥ 狀態補語：時間或場所等副詞或介系詞。

⑦ 動作補語：被動句中，表示對主詞所施與之動作的內容，使被動句句意完整。

 基本句型

1

主詞 + 動詞　　　　　　　　例 Il marche.　　　　　他走路。

主詞 + 動詞 + 狀態補語　　　例 Il va chez son ami.　　他去他朋友家。

2   主詞補語

主詞 + 動詞 + 主詞補語 +（狀態補語）　　例 La mer est bleue. 海是藍色的。

主詞 + 動詞 + 介系詞 + 主語補語 +（狀態補語）

例 Cette voiture est en mauvais état.　　　這台車的車況不好。

3

主詞 + 動詞 + 直接受詞 +（狀態補語）

例 La mère aime ses enfants.　　母親愛自己的小孩們。

主詞 + 動詞 + 間接受詞 +（狀態補語）

例 Ils obéissent à leurs parents.　　他們聽從父母親的教誨。

主詞 + 直接受詞 + 動詞

例 La mère les aime.　　母親愛他們。

主詞 + 間接受詞 + 動詞

例 Ils leur obéissent.　　他們服從他們。

4   受詞補語

主詞 + 動詞 + 直接受詞 + 直接受詞補語

例 Je trouve les Coréens très gentils.
我認為韓國人非常的親切。

主詞 + 動詞 + 直接受詞 + 介系詞 + 直接受詞補語

例 Je considère cette réponse comme un refus.
我視這個回覆如同拒絕。

主詞 + 動詞 + 間接受詞 + 介系詞 + 間接受詞補語

例 Je me sers de mon mouchoir comme bandeau.
我把我的手帕當成頭帶。

5 被動語態

主詞 + être + 過去分詞 + par + 動作補語

> 例 Ces fêtes sont organisées par la ville de Paris.
>
> 這些慶典是由巴黎市所舉辦的。

主詞 + être + 過去分詞 + de + 動作補語

> 例 Son père est respecté de tout le monde.
>
> 他的父親為眾人所敬重。

主要動詞變化表

時態	動詞 人稱	être ～是～	avoir 有	aller 去	venir 來
現在式	je	suis	ai	vais	viens
	tu	es	as	vas	viens
	il/elle	est	a	va	vient
	nous	sommes	avons	allons	venons
	vous	êtes	avez	allez	venez
	ils/elles	sont	ont	vont	viennent
未完成過去式	je	étais	avais	allais	venais
	tu	étais	avais	allais	venais
	il/elle	était	avait	allait	venait
	nous	étions	avions	allions	venions
	vous	étiez	aviez	alliez	veniez
	ils/elles	étaient	avaient	allaient	venaient
未來式	je	serai	aurai	irai	viendrai
	tu	seras	auras	iras	viendras
	il/elle	sera	aura	ira	viendra
	nous	serons	aurons	irons	viendrons
	vous	serez	aurez	irez	viendrez
	ils/elles	seront	auront	iront	viendront
過去分詞		été	eu	allé	venu

s'appeler 名字是～	habiter 住	rencontrer 見面、遇見	voir 看（見）
m'appelle	habite	rencontre	vois
t'appelles	habites	rencontres	vois
s'appelle	habite	rencontre	voit
nous appelons	habitons	rencontrons	voyons
vous appelez	habitez	rencontrez	voyez
s'appellent	habitent	rencontrent	voient
m'appelais	habitais	rencontrais	voyais
t'appelais	habitais	rencontrais	voyais
s'appelait	habitait	rencontrait	voyait
nous appelions	habitions	rencontrions	voyions
vous appeliez	habitiez	rencontriez	voyiez
s'appelaient	habitaient	rencontraient	voyaient
m'appellerai	habiterai	rencontrerai	verrai
t'appelleras	habiteras	rencontreras	verras
s'appellera	habitera	rencontrera	verra
nous appellerons	habiterons	rencontrerons	verrons
vous appellerez	habiterez	rencontrerez	verrez
s'appelleront	habiteront	rencontreront	verront
appelé	habité	rencontré	vu

輕鬆、有趣又能實用好學
第一本最讚的法語學習書

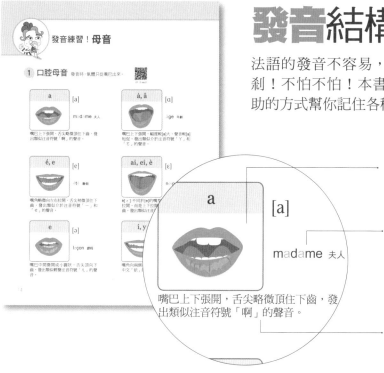

發音結構

法語的發音不容易，常常讓人聽得霧剎剎！不怕不怕！本書本單元，採多邊輔助的方式幫你記住各種發音。

擬真嘴型圖，模仿正確發音真容易。

清楚的音標標示，配合相對應的單字幫助記憶。

中文敘述及注音符號幫助加深發音印象。

基本句型

學會十個溝通基本概念，馬上打開法語話匣子。

句子的重點處都有中文詳細說明。

會有與句子相關的延伸補充。

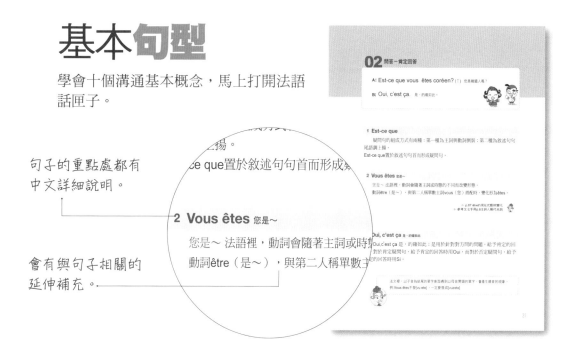

課文內容

充滿法蘭西風味的14個課程，你可以在這裡將法語的會話、文法，一網打盡。

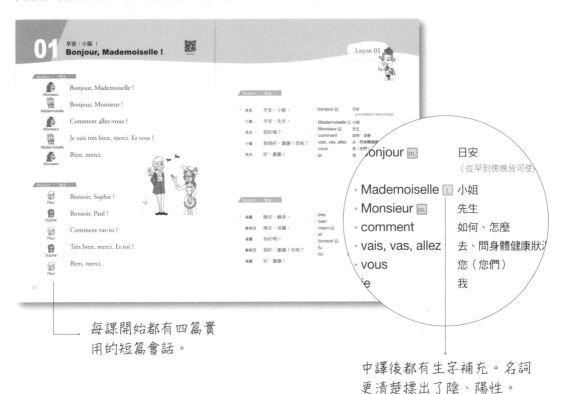

每課開始都有四篇實用的短篇會話。

中譯後都有生字補充。名詞更清楚標出了陰、陽性。

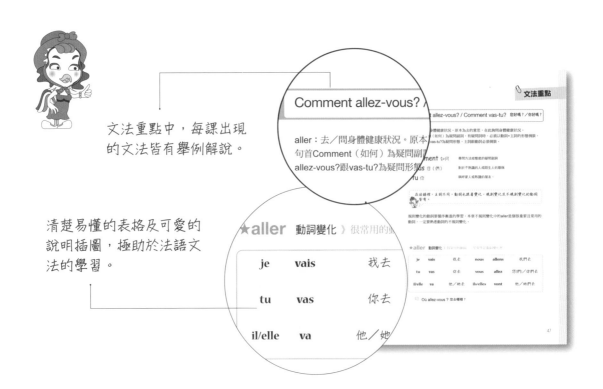

文法重點中，每課出現的文法皆有舉例解說。

清楚易懂的表格及可愛的說明插圖，極助於法語文法的學習。

課末不時有漫畫式的法國文化介紹，唸起來輕鬆、有趣又無負擔。

Actes de parole 每課都準備不少重點的慣用句。

本書附文法手冊。這部分濃縮全書的文法精華。可剪下隨身攜帶練習。

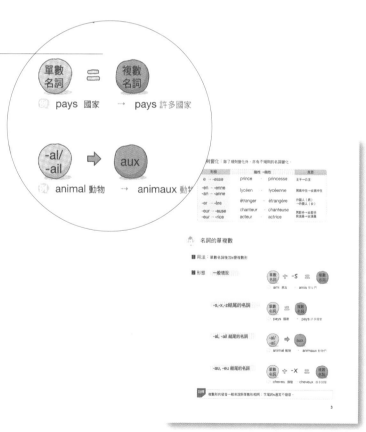

Sommaire 目錄

課文

文法手冊 |附錄|

Français

字母與發音

Alphabet

法語發音字字分明，是一種優美、浪漫的語言。母音有六個，子音有二十個，總共二十六個字母。請掃QR碼聽音檔，大聲地跟著練習看看吧！

01_1.mp3

母音（六個）　a・e・i・o・u・y
子音（二十個）　b・c・d・f・g・h・j・k・l・m
　　　　　　　　n・p・q・r・s・t・v・w・x・z

A a	[a]
B b	[be]
C c	[se]
D d	[de]
E e	[ə]

法語的字母大致上與英語字母的形態相近，只有發音上的差異。看一看下面的字母，注意與英語發音不同的地方，練習發音吧！

F f	[εf]
G g	[ʒe]
H h	[aʃ]
I i	[i]
J j	[ʒi]
K k	[ka]
L l	[εl]

Alphabet

M m	[ɛm]
N n	[ɛn]
O o	[o]
P p	[pe]
Q q	[ky]
R r	[ɛːʁ]
S s	[ɛs]

有特殊標音記號的字母 é à è ù â ê î ô û ë ï ü ç œ 可參考p.18。

字母	發音
T t	[te]
U u	[y]
V v	[ve]
W w	[dubləve]
X x	[iks]
Y y	[igʀɛk]
Z z	[zɛd]

發音練習！**母音**

1 **口腔母音** 發音時，氣體只從嘴巴出來。

01_2.mp3

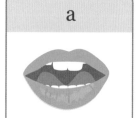

a [a]

madame 夫人

嘴巴上下張開，舌尖略微頂住下齒，發出類似注音符號「啊」的聲音。

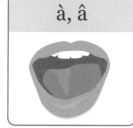

à, â [ɑ]

âge 年齡

嘴巴上下張開，幅度較[a]大，聲音較[a]短促，發出類似介於注音符號「ㄚ」和「ㄛ」的聲音。

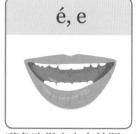

é, e [e]

été 暑假

嘴角略微向左右拉開，舌尖稍微頂住下齒，發出類似介於注音符號「ㄧ」和「ㄝ」的聲音。

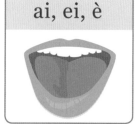

ai, ei, è [ɛ]

neige 雪

è[ɛ]:不同於[e]的嘴型，嘴巴不向左右拉開，而是上下拉開，舌尖稍微頂住下齒，發出類似注音符號「ㄟ」的聲音。

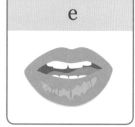

e [ə]

leçon 課程

嘴巴中間微開成小圓狀，舌尖頂向下齒，發出類似輕聲注音符號「ㄦ」的聲音。

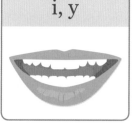

i, y [i]

midi 中午

嘴角向兩側拉開，嘴型扁平，發出類似中文「依」的聲音。

û, eu

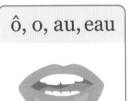

ô, o, au, eau [o]

rose 玫瑰

嘴巴張開成小圓狀，舌頭向後縮，開口小於[ɔ]，略大於[u]，接近介於注音符號「ㄡ」和「ㄨ」的聲音。

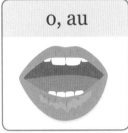

o, au [ɔ]

omelette 歐姆蛋

嘴巴張開成圓形，開口較[o]大，發出類似「ㄛ」的聲音。

ou, où [u]

où 哪裡

嘴唇向前噘成小圓狀，開口幅度較[o]小，舌後部向上抬起，發出類似中文「烏」的聲音。

u, û, eu [y]

flûte 長笛

嘴唇向前噘成小圓狀，舌頭兩側略微頂向兩旁牙齒，發出類似「瘀」的聲音。

eu, eux [ø]

deux 二

嘴唇向前噘成小圓狀，像發[o]的嘴型，但發[ə]音，舌尖頂向下齒，嘴型不變，發出類似介於注音符號「ㄨ」和「ㄜ」之間的聲音。

eu, œu [œ]

fleur 花

嘴唇向前噘成小圓狀，嘴型較[ø]扁平，發出類似中文「餓」的聲音。

15

母音

2 鼻腔母音

01_3.mp3

也稱作鼻母音，發音時，氣體不只從口腔出來，主要從鼻腔出來。類似英語的[n]音。

母音 + m, n

am,an,em,en

[ɑ̃]

enfant 小孩

嘴型與[a]相似，開口幅度較大，舌頭略向後縮，讓氣體同時從口腔與鼻腔流出，發出類似注音符號「ㄥ」的聲音。

im, in

[ɛ̃]

simple 簡單的

嘴型與[ɛ]相同，嘴巴略微上下拉開，舌尖稍微頂住下齒，讓氣體同時從口腔與鼻腔流出，發出類似中文「按」的聲音。

om, on

[ɔ̃]

bon 好的

嘴型與[ɔ]相同，舌尖離開下齒，略向後縮，讓氣體同時從口腔與鼻腔流出，發出類似注音符號「ㄨㄥ」的聲音。

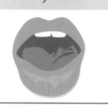

un, um

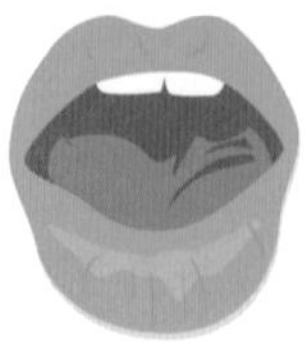

[œ̃]

parfum 香水

嘴型與[œ]相似，嘴唇向前噘成橢圓狀，舌尖頂向下齒，讓氣體同時從口腔與鼻腔流出，發出類似中文「嗯」的聲音。

★鼻母音後遇到子音重覆，鼻母音消失；鼻母音後遇到母音的話，母音與後面的子音需分開發音。

・homme 男人　　・madame 夫人

子音重覆　　後接母音

3 半母音

01_4.mp3

主要指母音弱化成子音，大部分藉由其他母音的幫助而發出聲音。

i, u, ou ＋ 母音

i, y

[j]

pied 腳

嘴型與[i]大致相同，開口幅度較小，發音較為短促，嘴唇用力固定呈扁平狀，舌根部分貼住後顎，隨及放開舌頭，氣流通過產生摩擦而震動聲帶，發出類似介於注音符號「一」和國字「耶」之間的聲音。

u

[ɥ]

pluie 雨

嘴型與[y]相同，發音較為短促。

ou, oi, oin

[w]

oui

嘴型與[u]相似，發音最後將嘴角往兩側拉開，聲音急促又短，發出類似中文注音符號「ㄨ」的聲音。

★半母音依學者認知的不同，也有人稱作半子音。

母音

4 標音記號

01_5.mp3

須注意依據字母上下標音記號的不同，發音或意思也會有所不同。

記號	形態	例子
é 只加在e上面	´ 閉口音 accent aigu	bébé 嬰兒　　été 夏天
à・è・ù 只加在a,e,u上面	` 開口音 accent grave	là 這裡　　mère 母親
â・ê・î・ô・û 只加在a,e,i,o,u上面	^ 長音符 accent circonflexe	rêve 夢　　île 島嶼
ë・ï・ü 出現在連續兩個母音的第二個母音，與前面的母音各別發音	¨ 分音符 tréma	Noël 聖誕節　　naïf 天真的
ç c下面接著 ¸ 發[s]音	¸ 軟音符 cédille	ça 這個　　garçon 男孩
, 當兩個單字相遇，前單字字尾是母音，後單字字首也是母音時，則會將前者的母音去掉，並用此符號結合兩單字	, 省音符 apostrophe	c'est 這是～ （ce est）
– 兩單字連接成為複合字，或是主詞動詞倒裝時使用	– 連字符 trait d'union	Est-il médecin？ 他是醫生嗎？

★以上這些標音記號（或有人稱重音符號）跟表示語氣強弱的重音不同，標音記號的目的只是一種為了區別發音和意義上差異而添加的標音記號。

不可不知的母音規則

01_6.mp3

1. 單字以e結尾的e不發音

    ros 玫瑰   mère 母親

    不發音

2. oi發[wa]（哇）音

    moi 我   oiseau 鳥

3. oin發[wɛ̃]

    coin 角落   point 點

4. 母音 + y ⇨ [j]

    crayon 鉛筆   voyage 旅行

5. 母音 + il,ille ⇨ [j]

    soleil 太陽   paille 稻草

6. 子音 + ille ⇨ [ij]（[ij]音之後帶有輕輕的 [ə] 音）

    gentille 親切的   famille 家庭

發音練習！**子音**

1 子音

01_7.mp3

子音靠母音的幫助而發出聲音，大致上依聲帶震動與否而區分為清音與濁音，聲帶震動為濁音，聲帶不震動為清音。

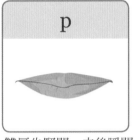

p

[p]

papa 爸爸

雙唇先緊閉，之後瞬間開放雙唇，將空氣以爆裂方式送出，讓大量氣體衝出口腔，發出類似注音符號「ㄅ」的聲音。

b

[b]

bateau 船

發音方法與[p]相同，但雙唇放開的速度稍慢一些並震動聲帶，氣聲較少，發出類似注音符號「ㄅ」的聲音。

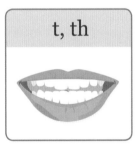

t, th

[t]

table 餐桌

舌頭輕輕彈向上齒及上顎，將空氣以爆裂方式大量送出，聲帶無震動，發出類似注音符號「ㄉ」的聲音。

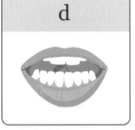

d

[d]

deux 二

發音方法類似[t]，舌頭停留在上齒及上顎時間稍微久一些，聲帶振動，聲音較[t]混濁，發出類似注音符號「ㄉ」的聲音。

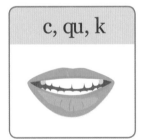

c, qu, k

[k]

quel
哪(一個)、什麼樣的

舌根略為向上向後抬升稍微頂到後顎，將空氣以爆裂方式送出，聲帶無震動，發出類似注音符號「ㄎ」音。

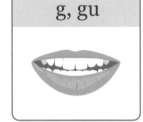

g, gu

[g]

spaghetti
義大利麵

發音方法類似[k]，舌根更貼近後顎，聲帶震動，聲音混濁，發出類似注音符號「ㄍ」的聲音。

★ 母音 + s + 母音　rose
s前後接母音時唸[z]的音

f, ph

[f]

fiancé　未婚夫

上齒輕咬下唇，將空氣送出的同時，離開下唇，聲帶無震動，發出類似注音符號「ㄈ」的聲音。

v, w

[v]

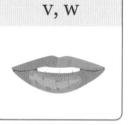

vacances　假日

發音方法類似[f]，上齒停留在下唇時間稍微久一些再離開，聲帶震動，聲音混濁顫抖，發出類似英文[v]的聲音。

ce, s, x,

[s]

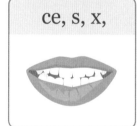

soleil　太陽

嘴巴放鬆，上下齒中間留點小縫隙，將空氣輕輕送出，聲帶無震動，發出類似注音符號「ㄙ」的聲音。

z, x

[z]

zéro　零

發音方法類似[s]，聲帶震動，發出類似注音符號「ㄖ」的聲音。

ch

[ʃ]

cheval　馬

嘴唇稍微噘起，上下齒中間留點小縫隙，舌尖離開下齒，舌根略微壓向後顎，將空氣輕輕送出，聲帶無震動，發出類似中文「噓」的聲音。

j, ge, gi

[ʒ]

jeu　玩耍／遊戲

聲帶及牙齒震動，聲音混濁顫抖，發出類似「j」的聲音。

子音

l [l]

lac 湖泊

舌尖輕碰上顎，發出類似注音符號「ㄌ」的聲音。

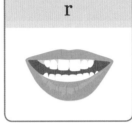

r [R]

rouge 紅色的

舌尖頂住下齒後面，舌根向上提靠近小舌，發出類似「ㄏㄜ」的聲音。

m [m]

main 手

雙唇緊閉，震動鼻腔的同時，放開雙唇，發出類似注音符號「ㄇ」的聲音。

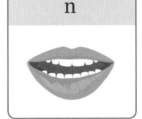

n [n]

nature 自然

雙唇張開，舌尖彈向上顎的同時，震動鼻腔共鳴，發出類似注音符號「ㄋ」的聲音。

gn [ɲ]

cognac 干邑酒
（法國干邑省產的白蘭地酒）

舌尖抵住下齒齦，抬起舌面接觸上顎中段，阻塞氣流，讓氣流從鼻腔通過，聲帶震動，聲音混濁，發出類似注音符號「ㄋ」的聲音。

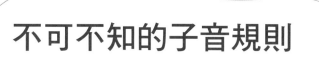

不可不知的子音規則

01_8.mp3

1. [R]舌尖頂住下齒後面，舌根向上提靠近小舌，發出類似「厂さ」的聲音。

    rose 玫瑰   rouge 紅色的

2. 單字以子音結尾，子音基本上不發音。

    blond 金髮的   concert 音樂會

但以c,r,f,l,q結尾的子音，通常要發音。

    mer 海   ciel 天空

3. 子音c,k,p,t放在r的前面時不發硬音，而發激音(送氣音)。

    trois 三   Crayon 鉛筆

4. h永遠不發音。啞音h前遇到以母音結尾的單字，其母音省略後，兩單字以「'」合併；噓音h與前面單字的子音連音，但母音無法省略。

    haut 高   héros 英雄

連音．母音省略．重音．語調

01_9.mp3

 連音 單字結尾不發音的子音遇到以母音或啞音h開頭的單字而產生連音的現象。

1 連音的情況

- ·冠詞＋（形容詞）＋名詞　les anciens amis　　以前的朋友們
  冠詞　形容詞　名詞

- ·副詞＋形容詞　　très aimable　　非常的親切
  副詞　形容詞

- ·介系詞＋（冠詞）＋名詞　en été　　（在）夏天
  介系詞　名詞

- ·介系詞＋代名詞　　chez elle　　在她家
  介系詞　代名詞

- ·慣用連音　　pas à pas　　一步一步的
  慣用語

2 不連音的情況

- ·主詞（是名詞時）
  ＋動詞的情況　　Cet étudiant / est grand.　　這位學生個子高
  主詞名詞

- ·單數名詞＋形容詞　　un enfant / aimable　　一位可愛的小孩
  單數名詞　　形容詞

- ·[et] 後面　　un livre et / une plume　　一本書與一支鵝毛筆

- ·噓聲h前面　　les / héros　　英雄們

- ·oui 前面有單字時　　mais / oui　　當然

3 連音的發音變化

s, x ⋯→ [z]	d ⋯→ [t]	g ⋯→ [k]
des amis 朋友們	un grand arbre 一棵大樹	un long hiver 一個漫長的冬天

2 母音省略

以母音結尾的單字後遇到以母音開頭的單字時，前面單字的母音省略，以「'」連接兩個單字。

區分	型態	例子
le, la → l'	Le homme → L'homme	L'homme est un roseau pensant. 人類是會思考的蘆葦。
du, de la → de l'	de la eau → de l'eau	Je bois de l'eau. 我喝水。
je, me, te, se → j', m', t', S'	Je ai → J'ai	J'ai un ami. 我有一位朋友。
ce → c'	Ce est → C'est	C'est ça. 就是如此。
que → qu'	Que est → Qu'est	Qu'est-ce que c'est ? 這是什麼？
de → d'	de affaire → d'affaire	C'est un homme d'affaires. 這是一位事業家。
ne → n'	ne est → n'est	Ce n'est pas vrai. 這不是事實。
si → s'	si → s'	S'il vous plaît ! 請

[si]只有在[il,ils]前面才省略。

連音・母音省略・重音・語調

3 重音

1 單一單字　重音落在單字最後一個發音母音

Mad**a**me　女士、夫人、太太　　　　universit**é**　大學

2 一句話　重音落在最後的音節

Je comprends **bien**.　　　　　我非常了解。

Allez !　　　　　　　　　　走吧！

Allez-y **vite** !　　　　　　　快點去那裡！

3 表達情緒時　重音落在第一個音節

Parfait！完美的！　　　　　**For**midable！　了不起的！

4 語調

不只每個字母或音節的發音要注意，句子整體的語調和節奏也必需注意。
正確的語調是發音的唯一捷徑，會話裡也不可以疏忽。

1 敘述句的語調　先上揚後下降。

Je vais à Paris la semaine prochaine.　我下週要去巴黎。

2 疑問句的語調

‧有疑問詞：平調、下降

Qu'est-ce que c'est ? 　這是什麼？

‧無疑問詞：上揚

Vous aimez Paris ? 　您喜歡巴黎嗎？

3 命令句的語調　　下降

Ouvre la fenêtre ! 　請開窗戶！

4 感嘆句的語調　　上揚或下降皆有可能

Comment ? 　你說什麼？

Quelle chaleur ! 　多麼熱的天氣！

Français

基本句型

01 問候語

02_1.mp3

Bonjour！ 日安／早安！（白天）　　Bonsoir！ 晚上好！（夜間）

Au revoir！ 再見！（道別）

1 基本問候語

從早上到傍晚，見面時都可以使用Bonjour! 晚上見面時使用Bonsoir! 道別時使用Au revoir!

2 敬稱

稱成年男性Monsieur，稱成年未婚女性Mademoiselle，而對於已結婚的女性則稱Madame。

例 **Bonjour, Monsieur！** 早安，先生！

上述稱呼為對於陌生人或不知對方職稱時之稱呼，對於熟識的人則直接稱呼名字。

例 **Au revoir, Eric！** 再見，艾瑞克

對於熟識的人，見面時及道別時使用Salut（嗨／再見）；或在白天道別時使用Bonne journée（祝有個美好的一天），晚上道別時使用Bonne soirée（祝有個愉快的夜晚）。

02 問答－肯定回答

A: Est-ce que vous êtes coréen? (↑) 您是韓國人嗎？

B: Oui, c'est ça. 是，的確如此。

1 Est-ce que

疑問句的組成方式有兩種：第一種為主詞與動詞倒裝；第二種為敘述句句尾語調上揚。

Est-ce que置於敘述句句首而形成疑問句。

2 Vous êtes 您是～

您是～ 法語裡，動詞會隨著主詞或時態的不同而改變形態。

動詞être（是～），與第二人稱單數主詞vous（您）搭配時，變化形為êtes。

▶ p.67 être的現在式動詞變化
▶ 參考文法手冊p.8主詞人稱代名詞

3 Oui, c'est ça 是，的確如此

Oui, c'est ça 是，的確如此；是用於針對對方問的問題，給予肯定的回答。對於肯定疑問句，給予肯定的回答時用Oui，而對於否定疑問句，給予肯定的回答時用Si。

法文裡，以子音為結尾的單字後面遇到以母音開頭的單字，會產生連音的現象。

例:Vous êtes不發[vu ete]，一定要發成[vuzete]

03 問答－否定回答

A: Vous êtes japonais ?　　　您是日本人嗎？

B: Non, je ne suis pas japonais. 不，我不是日本人。

---

1 Vous êtes japonais ?　　您是日本人嗎？

在第二人稱的部分，有vous（您）及tu（你）兩種方式，vous為對於陌生人或不熟識的人之尊敬稱呼，tu用來稱呼家人、朋友、情人等熟識關係。

Vous	您
Tu	你

敘述句句尾以語調上揚而形成疑問句；比起前面出現的Est-ce que vous êtes coréen?為口語上更常使用的說法。

2 Non, je ne suis pas japonais.　　不，我不是日本人。

無論是肯定疑問句或否定疑問句，否定回答時，通常先回答Non（不），動詞前加上ne，動詞後加上pas。

ne ＋ 動詞 ＋ pas ～不‧是～

驚嘆號(!)及問號(?)與前面的單字之間需空一格。

04 事物的表達

Il y a un livre français.　有一本法文書。

Voilà un livre français.　那是一本法文書。

1 Il y a 有～

Il y a （有～）無論單複數，形態皆相同。

2 Voilà 那裡（有）～

voilà 表示「那裡（有）～、那是」之意；而voici則表示「這裡（有）～、這是…」

> 例 **Voici un livre et voilà un cahier.**　這裡有一本書，而那裡有一本筆記本。

3 un livre français 一本法文書

名詞前大部分會加上冠詞，且名詞有陰陽性及單複數之分，這裡的un為陽性單數名詞livre（書）前的不定冠詞。

▶ 參考文法手冊p.4不定冠詞

 Il y a及voilà 後面一定要加上冠詞。

05 問答-疑問副詞

02_3.mp3

A: Où vas-tu ？ 　　　　你去哪裡？

B: Je vais à l'école. 　　　我去學校。

---

1 Où vas-tu 你去哪裡？

Où（哪裡）為詢問地點、場所的疑問副詞。Où後面必須接「動詞+主詞」倒裝句。

也可使用Où est-ce que tu vas?

詢問地點、場所的疑問副詞

2 vas-tu 你去　je vais 我去

vas-tu的vas為原形動詞aller（去／詢問身體狀況）的現在式動詞變化，主詞需為第二人稱單數tu（你）；而vais為主詞為第二人稱單數je（我）時的現在式動詞變化。

▶ p.47 aller

3 à l'école 在～學校

à（在～）表示方向、位置的介系詞，l'école為là與école的合併縮寫。法語裡，為了避免兩個母音相遇，造成發音不易，前單字的母音省略，以「'」連接前後兩單字。

▶ p.94

> 由於法語的動詞會隨著主詞人稱的不同及時態的變化而出現的形態也不一樣，因此，常用的基本動詞出現時，需反覆地熟悉動詞變化。

06 問答-詢問事物

A: Qu'est-ce que c'est ?　這是什麼？

B: C'est le livre de Paul.　這是保羅的書。

1 Qu'est-ce que c'est 這是什麼？

Qu'est-ce que c'est ?（這是什麼？）無論單複數，形態皆相同。

Qu'est-ce que ＋ 主詞 ＋ 動詞 ？ 詢問事物

¹ Qu'est-ce que ＋ 主詞 ＋ 動詞

Qu'est-ce que（什麼）　後接「主詞＋動詞」

² C'est

C'est為Ce est（這是～）的合併縮寫
Ce sont（這些是～）為複數表達。

例 **Ce sont des livres coréens.**　這些是韓文書。

2 le livre de Paul 保羅的書

le livre de Paul（保羅的書）；le 為陽性單數名詞的定冠詞。de（～的）
為表示所屬關係。

 c'est 與voici及voilà一樣後面一定要加上冠詞。

07 問答－身分

02_4.mp3

A: Qui est-ce ? 　　　　　　　　　這位是誰？

B: C'est Sophie, la soeur de Paul. 　　這位是蘇菲，保羅的姐姐。

---

1 Qui est-ce ? 這位是誰？

Qui（誰）後面需以「動詞＋主詞」這樣倒裝的形式出現。Qui est-ce?（這位是誰？）無論單複數，形態皆相同。前面出現的Qu'est-ce que c'est? 是詢問事物；Qui est-ce?則是詢問人的身分。

Qui ＋ 動詞 ＋ 主詞 ？ 詢問人的身分

2 Sophie, la soeur de Paul 蘇菲，保羅的姐姐

Sophie ＝ la soeur de Paul 同謂語

Sophie, la soeur de Paul（蘇菲，保羅的姐姐）。Sophie跟la soeur de Paul為同謂語；la為陰性單數名詞的定冠詞。

例 C'est Madame Dubois, la mère de Paul.
這位是Dubois女士，保羅的母親。

C'est 後面可以接人名及事物；接人名時，表示「這（位）是～」。

08 問答-名字

A: Comment vous appelez-vous?　　您叫什麼名字？

B: Je m'appelle Sophie.　　　　我叫蘇菲。

1 Comment vous appelez-vous? 您叫什麼名字？

對於熟識的人可以使用tu t'appelles。

Comment（如何、什麼）主要為詢問方法和態度的副詞。

例 **Comment t'appelles-tu ?**　　你叫什麼名字？

vous appelez-vous為vous vous appelez的倒裝句。
s'appeler 意思為「名字叫」

2 Je m'appelle 我叫～

Je m'appelle（我的名字叫～）；m'appelle為[me appelle]的合併縮寫，這裡的me為主詞Je的反身代名詞。

人稱代名詞	反身代名詞	人稱代名詞	反身代名詞
je	me	nous	nous
tu	te	vous	vous
il elle	se	ils elles	se

→ me / te / se 後面出現以母音開頭的單字，需去掉字尾e後再加上「'」，
　　與後面合併縮寫成m' / t' / s'。

09 提議

02_5.mp3

A: Voulez-vous danser avec moi ？　您想跟我跳支舞嗎？

B: D'accord ！　好。

---

1 Voulez-vous danser ？ 您想要跳舞嗎？

Voulez-vous danser ?意思為「您想要跳舞嗎？」
Voulez為動詞vouloir（願意）的現在式動詞變化。

例　**Voulez-vous une cigarette?**　您想要抽個菸嗎？
Tu veux une cigarette ？　你想要抽個菸嗎？

---

2 avec moi 和／跟 我

avec moi 意思為「和／跟 我」。moi為 Je（我）的強調人稱代名詞，出現在介系詞後面或在句子裡單獨使用，表示強調。

▶ 參考文法手冊 p.8 主詞與強調人稱代名詞

---

3 D'accord ! 同意

D'accord !意思為「同意」；為日常生活中常使用的表達。

例　**Tu viens avec nous ？**　你要跟我們一起去嗎？ → **D'accord ！** 好！

D'accord! 為對於對方的邀請、提議或意見表達同意; 口語上簡化使用D' acc!。

10 受詞

A: Qu'est-ce que tu vas donner à Léa？　你要給蕾亞什麼？

B: Je vais lui donner un livre.　　　　我要給她一本書。

1 tu vas donner 你要給～

1 [不久的將來] tu vas donner 你要給～
　近未來式：aller + 原形動詞

$$aller + 原形動詞　近未來式$$

例　Elle va venir ici.
　　　aller的第三人稱單數形

2 donner 後面需加上直接受詞（什麼東西）及間接受詞（給誰）；lui（他／她）為陰陽同形，因此，依上下文來判斷是指陽性還是陰性。

donner + 什麼東西（直接受詞）+ 給誰（間接受詞）

有兩個受詞

例　Tu vas donner ce livre　à Paul？　　你要把這本書給保羅嗎？
　　　直接受詞　　　　　　　間接受詞

→ Oui, je vais lui donner ce livre.　是，我要把這本書給他。

2 à Léa 給蕾亞

à Léa（給蕾亞）的à為「給」之意，相當於英文的「to」。

間接受詞lui（給他／她）為人稱代名詞，與強調人稱代名詞的lui（他）有所不同，需特別注意。

Français

課文

01

早安，小姐 ！

Bonjour, Mademoiselle !

03.mp3

Situation ① （會話 ①）

Monsieur

Bonjour, Mademoiselle !

Mademoiselle

Bonjour, Monsieur !

Monsieur

Comment allez-vous ?

Mademoiselle

Je vais très bien, merci. Et vous ?

Monsieur

Bien, merci.

Situation ② （會話 ②）

Paul

Bonsoir, Sophie !

Sophie

Bonsoir, Paul !

Paul

Comment vas-tu ?

Sophie

Très bien, merci. Et toi ?

Paul

Bien, merci.

42

Leçon 01

先生	早安，小姐。
小姐	早安，先生。
先生	您好嗎？
小姐	我很好，謝謝！您呢？
先生	好，謝謝！

- bonjour m. 　日安
　（從早到傍晚皆可使用的問候語）
- Mademoiselle f. 小姐
- Monsieur m. 　先生
- comment 　　 如何、怎麼
- vais, vas, allez 　去、問身體健康狀況 原 aller
- vous 　　　　您（您們）
- je 　　　　　我

保羅	晚安，蘇菲。
蘇菲亞	晚安，保羅。
保羅	你好嗎？
蘇菲亞	很好，謝謝！你呢？
保羅	好，謝謝！

- très 　　　非常、很
- bien 　　　好
- merci m. 　謝謝
- et 　　　　和、且
- bonsoir m. 晚上好（夜間見面時）
- tu 　　　　你
- toi 　　　　你（強調人稱代名詞）

Situation ③（會話 ③）

Paul
Salut, Marie !

Marie
Salut, Paul !

Paul
Ça va?

Marie
Oui, ça va bien, merci. Et toi ?

Paul
Pas mal, merci.

Situation ④（會話 ④）

Sophie
Tiens ! Salut, Jean !

Jean
Salut, Sophie !

Sophie
Comment ça va ?

Jean
Ça va bien, merci. Et toi ?

Sophie
Comme ci comme ça.

Leçon 01

保羅	嗨！瑪麗。
瑪麗	嗨！約翰。
保羅	好嗎？
瑪麗	好，謝謝，你呢？
保羅	還不錯，謝謝

- salut m.   嗨／再見（熟識關係）
- va   去、問身體健康狀況 原 aller
- pas mal   還不錯

蘇菲亞	嗨！約翰。
約翰	嗨！蘇菲亞！
蘇菲亞	好嗎？
約翰	好，謝謝，你呢？
蘇菲亞	馬馬虎虎。

- tiens   咦
  （喚起注意或表示驚訝）
- Comme ci comme ça.   馬馬虎虎，相當
  於英文「so-so」

Actes de parole

問候語

1 見面招呼語

白天

Bonjour !
日安！

晚上

Bonsoir !
晚安？

熟識關係

Salut !
嗨、再見！

2 寒暄語

A: Comment allez-vous ?
您好嗎？

B: Je vais très bien, merci.
我很好，謝謝！

A: Comment vas-tu ?
Comment ça va ?
Ça va ?
你好嗎？

B: Ça va bien, merci.
好，謝謝！

A: Et vous ? 您呢？
Et toi ? 你呢？

B: Bien, merci. 好，謝謝！
Comme ci comme ça. 馬馬虎虎。

merci.
謝謝

Je vous en prie.
不客氣

01 Comment allez-vous? / Comment vas-tu? 您好嗎？／你好嗎？

aller：去／問身體健康狀況。原本為去的意思，在此詢問身體健康狀況。
句首Comment（如何）為疑問副詞，有疑問詞時，必須以動詞+主詞的形態倒裝。
allez-vous?跟vas-tu?為疑問形態，主詞跟動詞必須倒裝。

Comment 如何	尋問方法或態度的疑問副詞
vous 您（們）	對於不熟識的人或陌生人的尊稱
tu 你	稱呼家人或熟識的朋友。

> 在法語裡，主詞不同，動詞也跟著變化，規則變化及不規則變化的動詞
> 皆有。

規則變化的動詞要循序漸進的學習，本章不規則變化中的aller是個很重要且常用的動詞，一定要熟悉動詞的不規則變化。

★aller 動詞變化 》很常用的動詞，一定要牢記動詞變化形。

je	vais	我去	nous	allons	我們去
tu	vas	你去	vous	allez	您(們)／你們去
il/elle	va	他／她去	ils/elles	vont	他／她們去

例 Où allez-vous ? 您去哪裡？

02　Ça va ? / Comment ça va ？　　　　好嗎？

像Ça va?一樣沒有疑問詞的疑問句，回答時，大部分使用Oui（是）或是Non（是）；另一方面，跟Comment ça va?一樣有疑問詞的疑問句，則不使用Oui或Non來回答。

　　　　　　　　◎ Comment ça va?跟Ça va?一樣是比較親密的情況下，使用的問候語。

例　Ça va ? 好嗎？　　→　Oui, ça va. 是，很好。

03　Et toi ? / Et vous ？　　　　你呢？／您呢？

連接詞et的前後需接強調人稱代名詞。主詞人稱代名詞為句子的主詞，而強調人稱代名詞則出現於介系詞後或et前後，表示強調。

代名詞

主詞人稱代名詞			
je	我	nous	我們
tu	你	vous	您們
il	他	ils	他們
elle	她	elles	她們

強調人稱代名詞			
moi	我	nous	我們
toi	你	vous	您們
lui	他	eux	他們
elle	她	elles	她們

例　○ avec moi　和我　　　✕ avec je　和我

　　　　◎ avec為介系詞，後面需接強調人稱代名詞 moi，而不是主詞人稱代名詞je。

04　Comme ci comme ça.　　　　馬馬虎虎

Comme ci comme ça表示「馬馬虎虎、普普通通、勉勉強強」的意思。

句型練習

05.mp3

1 見面時的問候語

(Tiens,)	bonjour !	Comment allez-vous ?
	bonsoir !	Comment ça va ?
	早安（白天） 晚安（晚上）	您好嗎？ 好嗎？

2 熟識關係，見面時的問候語

(Tiens,) salut, André.	Comment ça va ?
	Ça va ?
(咦) 嗨！安德烈	你好嗎？ 好嗎？

Ça va ?
好嗎？

3 寒喧語

Ça va bien, (Très) bien	(merci).	Et vous ? Et toi ?
好， 很好，	謝謝。	您呢？ 你呢？

49

Culture Française 法國的象徵

法國的象徵
有哪些呢？

法國的象徵

三色旗-Le drapeau tricolore

法國民族的象徵 公雞-Le coq

知名景點 艾菲爾鐵塔-La Tour Eiffel

法國??
是吃的東西嗎？

藝術家
的國家？

說到法國，
我很了解，
國旗是
三色旗

說到法國，
就是我瑪麗啦！

瑪麗真的非常了解呢！三色旗是法國在法國大革命時出現，那麼現在就讓我們再深入的認識三色旗吧!?

① 三色旗

法國的三色旗的法文為 *Le drapeau tricolore*。白色代表皇室，藍色和紅色是巴黎的象徵。現今，三色旗的三色代表法國大革命的三大信念：自由、平等、博愛。

② 公雞

讓我們一起來認識法國的雕像和民族的象徵—公雞。法語單字Gallus源自於拉丁語，有二種意思：一為雞、二為高盧族之意。

幾個古代的銅板表面上刻有雞的模樣，因而逐漸變成法國民族的象徵；公雞象徵希望與信任。

找比較喜歡
吃雞肉～

法國的國土為六角幾何圖形，
法語為L' Hexagone。
　　另外，國歌La Marseillaise也廣為流傳；
而法國大革命象徵的女性Marianne也廣為人
知。

沒錯，瑪麗真的很了解。
最後，就讓我們來認識一下，在
1889年法國建築師居斯塔夫艾
菲爾(Gustave Eiffel)為了
記念法國大革命一百週年
和國際博覽會所設計的艾
菲爾鐵塔吧！

③ 艾菲爾鐵塔

　　高307公尺的艾菲爾鐵塔於建
立當時，曾引起評論家和知識份子
的強烈反對，差點無法免於拆除的
危機。塔上有三個瞭望台，搭電梯
可到達最頂端得瞭望台。

其中曾主張將艾菲爾鐵
塔拆除的法國名作家莫
泊桑(Maupassant)
經常來到位於一樓
的餐廳用餐。

哇！老師，
那麼我們也能在那個餐
廳用餐吧？

La Tour Eiffel 艾菲爾鐵塔

Situation ① (會話①)

Paul

Je m'appelle Paul Durand.

Comment vous appelez-vous ?

Ha-na

Moi, je m'appelle Kim Ha-na.

Paul

Je suis content de vous rencontrer, Mademoiselle.

Ha-na

Moi aussi.

Situation ② (會話②)

Paul

Je m'appelle Paul. Tu t'appelles comment ?

Cécile

Je m'appelle Cécile.

Paul

Enchanté.

Cécile

Enchantée.

Leçon 02

保羅	我的名字是保羅・杜蘭，您的名字是什麼？
漢娜	我，我的名字是金漢娜。
保羅	很高興跟妳碰面，小姐。
漢娜	我也是。

- je m'appelle　　　我的名字是～
- vous vous appelez　您的名字是～
- suis　　　　　　是～

（原）être（英語的be動詞）

▷ être 動詞變化-參考p.67

- content(e)　　　高興的
- rencontrer　　　相遇、碰面
- aussi　　　　　也

保羅	我是保羅，妳的名字是什麼？
塞希爾	我的名字是塞希爾。
保羅	很高興認識妳。
塞希爾	很高興認識你。

- tu t'appelles　你的名字是～

（原）s'appeler

- enchanté(e)　很高興認識你、幸會

02

Situation ③（會話 ③）

Monsieur

Eh bien, au revoir, Madame !

Madame

Au revoir, Monsieur !

Monsieur

Bonne journée !

Madame

À bientôt !

Situation ④（會話 ④）

Sophie

Salut, Pierre !

Pierre

À demain, Sophie !

Sophie

À demain. Bonne soirée !

Pierre

Toi aussi.

Situation ③（會話 ③）

先生　　那麼，再見，女士!

夫人　　再見，先生！

先生　　祝您有個美好的一天！

夫人　　回頭見！

- eh bien　　那麼
- revoir m.　　再見，re再次 voir見（面）
- Madame f.　　夫人、女士、太太
- journée f.　　一整天、白晝
- bientôt　　馬上、待會兒

Situation ④（會話 ④）

蘇菲　　　再見，皮埃爾！

皮埃爾　　明天見，蘇菲！

蘇菲　　　明天見，祝你有個愉快
　　　　　的夜晚！

皮埃爾　　你也是。

- salut m.　　嗨、再見（熟識關係）
- demain m.　　明天
- soirée f.　　晚間（表示晚上特定時間）

Actes de parole 詢問名字・問候語

07.mp3

1 詢問名字

Comment vous appelez-vous ?
您叫什麼名字？

Je m'appelle Marie Martin.
我叫瑪麗・馬汀。

A: Tu t'appelles comment ?
你叫什麼名字？

B: Pierre.
皮埃爾。

2 初次見面的問候語

Je suis enchantée de vous rencontrer.
很高興跟您見面。

Enchanté !
很高興認識您！

3 道別時的問候語

Au revoir.	再見
À bientôt.	回頭見
À demain.	明天見
Salut.	再見（熟識關係）

01　Je m'appelle Paul Durand.　我叫保羅・杜蘭

Je m'appelle意思為「我叫～」；向他人介紹自己的名字時使用。
疑問句組成的方式有兩種：敘述句句尾語調上揚或以「動詞 + 主詞」倒裝的方式。

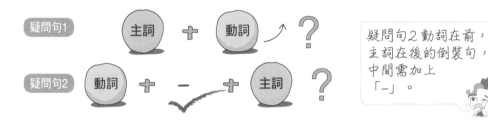

疑問句的組成

	語序	例句
① 敘述句句尾上揚之疑問句	主詞 + 動詞 ？	Tu vas à l'école ？ 你去學校嗎？
② 倒裝疑問句	動詞 + 一 + 主詞 ？	Comment vous appelez-vous ？ 您叫什麼名字？

例　Vous allez bien ？　您好嗎？　　　　Comment vas-tu ？　你好嗎？
　　　主詞　動詞　　　　　　　　　　　　　　動詞 - 主詞

02　形容詞的陰陽性與單複數

大部分的形容詞，只要在陽性形容詞後加上 "e" 便形成陰性形容詞，此時，原本陽性形容詞字尾不發音的子音，字尾加了e後，字尾的子音必須發音。複數形則在後面再加上 "s"。

陽性單數 + e = 陰性單數

陽性	陰性	意思
enchanté	enchantée	很高興認識你、幸會
heureux	heureuse	幸福的

○ heureux → 去掉x後，加上se

03 Au revoir !   再見

$$Au = à + le_{\text{定冠詞}}$$

Au：介系詞à +定冠詞le的縮寫。

revoir：re再一次 + voir看（見）的合成，再見的意思。

Au revoir：道別時，最常用的問候語；雖然有些地方會用Adieu，在標準的法文用法裡，Adieu只用在永遠分開，不再見面的時候。

04 Bonjour / Bonne journée（日安、早安）／祝您有個美好的一天

Bonsoir：晚上見面或道別時都可以使用的問候語。

Bonne soirée：只有在晚上道別時才能用的問候語。

白天		晚上		熟識關係	
見面時	Bonjour	見面時／道別時	Bonsoir	見面時／道別時	Salut
道別時	Bonne journée	道別時	Bonne soirée		

○ 在加拿大部分法語圈在道別時也使用Bonjour。

05 À bientôt.   回頭見

À bientôt意思為「回頭見」。在法語裡，bientôt的意思為「馬上、立刻、一會兒」之意，但是並不代表待會一定會見面。另外相似的表達有À tout à l'heure，意思為待會見。À為à的大寫，大寫時上面的開口音符號可省略。

1 詢問名字

問題	Comment	vous appelez-vous ?	您叫什麼名字？
		t'appelles-tu ?	你叫什麼名字？
	Vous vous appelez	comment ?	您叫什麼名字？
	Tu t'appelles		你叫什麼名字？
回答	Je m'appelle Marie Martin.		我叫瑪麗・馬汀

2 道別時的問候語

À	bientôt.	回頭見
	tout à l'heure.	待會見
	demain.	明天見

3 一天的問候語

Bonne	journée.	祝您有個美好的一天（早上）
	soirée.	祝您有個愉快的夜晚（晚上）
	nuit.	晚安（睡前）
Bon	après-midi.	祝您有個愉快的下午

Culture Française 藝術與科學的國度

① 設計出眾的國家

有名設計師的作品→

今天就讓我們一起來認識法國的藝術與科學吧！法國為頗具盛名的迷幻建築物所在地及有名的設計師克理斯汀迪奧、伊夫聖羅蘭、可可香奈兒的出生地。

建築物、室內設計、服裝設計、舞台設計和展覽的領域中，大部分的專有名詞、專業術語皆來自法語，因此，如果想學設計的話，就必須學習法語。

克里斯汀？？我不認識…

你知道克理斯汀迪奧是誰嗎？

法國時尚秀上所展示的時裝真的很時髦，我一定也要穿看看蓮娜麗姿所設計的洋裝。

② 料理與葡萄酒的國家

法國料理舉世聞名，特別是法國料理證照獲得全世界最高評價的認可；法國有著多樣化的餐飲學校和研修機關，能在短時間內取得證照的機會非常多。說到法國料理，不得不提葡萄酒，從台灣國內葡萄酒輸入日漸增加的趨勢來看，侍酒師也是個非常熱門的職業。

escargot

啊~
蝸牛料理看起來好好吃。

一定要親自到法國去品嚐。

③ 世界第一的觀光國

法國為世界第一的觀光國。
因為貴為世界第一的觀光國，不僅飯店數量多，
連帶教授旅館經營學的學校也非常多。
現在許多大學裡，不僅設有旅館經營學、觀光學
領域的學士課程，甚至碩士課程也設置的
非常完善。
在法國當地直接學習取得證照後
就業，在當前就業困難的
時機來說，是一個
很好的方法。

我也可以學習
嗎？

④ 電影誕生的國家

世界最早作出電影的人就是法國人-
盧米埃兄弟(Auguste Marie Louis Nicholas
Lumière)。
法國作為電影誕生的國家，每年舉
辦的坎城影展也是全世界電影界人士
最嚮往參加的盛會。

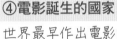

左邊是坎城影展參展的
海報，連海報也很讚。

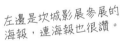

⑤ 文學與哲學

法國文學以「人是什麼」為主題。
結合以「人」為中心的文藝復興時期，有很多作品
是對於人的自由、平等、博愛深入思考而作成的作
品。法國人才輩出，也是世界上獲得最多諾貝爾文
學獎的國家。比起任何國家的語言，法語是一種明
確且邏輯條理分明的語言，因此讓人可以細細品味
法國文學與哲學的精髓。

Camus 卡繆

Sartre 沙特

03

我是韓國人
Je suis coréen.

09.mp3

Emma

Je suis française. Vous êtes japonais ?

Nuri

Non, je ne suis pas japonais. Je suis coréen.

Emma

Vous parlez quelle langue ?

Nuri

Je parle coréen.

Cécile

Je suis française. Et toi, tu es allemand ?

Léon

Non, je suis anglais.

Cécile

Ah, tu parles anglais et français.

Leçon 03

艾瑪	我是法國人，您是日本人嗎？	· français(e)	法國人、法語、法國的
		· japonais(e)	日本人、日語、日本的
紐利	不是，我不是日本人；我是韓國人。	· non	不是（相當於英語的no）
		· coréen(ne)	韓國人、韓語、韓國的
艾瑪	您說哪一種語言？	· parlez, parle, parles	說（話）原 parler
		· langue f.	語言
紐利	我說韓語。		

塞希爾	我是法國人，你呢？你是德國人嗎？	· de	～的（相當於英語的of）、來自／從～（相當於英語的from）
里昂	不是，我是英國人。	· allemand(e)	德國人、德語、德國的
塞希爾	哦！你說英語和法語。	· anglais(e)	英國人、英語、英國的

03

Cécile

Enchantée, Monsieur.

Nuri

Enchanté, Madame.

Cécile

D'où êtes-vous, Monsieur ?

Nuri

Je suis de Séoul. Et vous, vous êtes de Paris ?

Cécile

Non, je suis de Nice.

Léon

Voici Paul et voilà Alice.

Paul

Bonjour !

Alice

Bonjour !

Paul

Je suis de Lyon. Et toi, tu es d'où ?

Alice

Je suis de Londres.

Leçon 03

Situation ③（會話 ③）

塞希爾	很高興認識你，先生。
紐利	很高興認識你，女士。
塞希爾	你來自哪裡？
紐利	我從自首爾，那您呢？您來自巴黎嗎？
塞希爾	不是，我來自尼斯。

- enchaté(e)　很高興認識你、幸會
- d'où　從哪裡、來自哪裡
- Séoul　首爾
- Paris　巴黎
- Nice　尼斯（法國南部港口城市）

Situation ④（會話 ④）

里昂	這位是保羅，那位是艾莉絲。
保羅	您好！
艾莉絲	您好！
保羅	我來自里昂；你來自哪裡呢？
艾莉絲	我來自倫敦。

- voici　這（位、個）是
- voilà　那（位、個）是
- Lyon　里昂
- Londres　倫敦

Actes de parole　您來自哪裡？

1 國籍

A: Vous êtes français(e) ?
您是法國人嗎？

B: Oui, je suis français(e).
是，我是法國人。

A: Vous êtes français(e) ?
您是法國人嗎？

B: Non, je suis coréen(ne).
不，我是韓國人。

例 Je suis taiwanais(e).
我是台灣人。

2 介紹他人

Voici Mme Lavaud et voilà M. Kim.
這位是拉佛夫人，那位是金先生。

▶ Mme是Madame的縮寫 M.是Monsieur的縮寫

M. Kim.
金先生

Mme Lavaud
拉佛夫人

3 您來自哪裡？

A: D'où êtes-vous ?
您來自哪裡？

B: Je suis de Paris.
我來自巴黎。

A: Tu es d'où ?
你來自哪裡？

B: Je suis de Lyon.
我來自里昂。

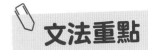

01　否定句 　　　　　　　　　　　　ne(n') + 動詞 + pas：不～

否定句的組成與動詞或時態無關,並不會隨時態不同而改變形態,只要在動詞的前後加上ne　pas即可。

ne(n') ✛ 動詞 ✛ pas　　不·是～

Je ne suis pas japonais.　　　　Vous n'êtes pas professeur ?

我不是日本人。　　　　　　　　您不是老師嗎?

 以母音或啞音h開頭的動詞,ne需與後面的動詞縮寫成n'。

02　不規則動詞 　　　　　　　　　　　　　　　　　être　是～

être意思為「是～」的意思;動詞多變的不規則動詞,相當於英語的be動詞,但隨主詞的不同,être動詞也跟著變化;être為最常用的動詞,需反覆練習,熟悉動詞變化。

★**être** 最常用的動詞,需熟記 》最常用的動詞,需熟記

je	suis	我是～	nous	sommes	我們是～
tu	es	你是～	vous	êtes	您／你（們）是～
il/elle	est	他／她是～	ils/elles	sont	他（她）們是～

être後面接國籍、職業、身分等名詞,名詞前面不加冠詞

être ✛ ~~un~~ ✛ （coréen）國籍

Il est coréen.　　　　　　　　Je suis étudiant.

他是韓國人。　　　　　　　　我是學生。

03 第一類規則動詞

parler + 語言 說～（語言）

結尾-er的動詞大部分歸類於第一類規則動詞，以-e, -es, -e, -ons, -ez, -ent的方式規則變化。

▸▸ 參考第一類規則動詞-p.93

★parler 的動詞現在式變化

je	parle	我說～	nous	parlons	我們說～
tu	parles	你說～	vous	parlez	您／你（們）說～
il/elle	parle	他／她說～	ils/elles	parlent	他們說～

例 Je parle espagnol. 我說西班牙語。

04 名詞的陰陽性

陽性名詞 + e = 陰性名詞

法語裡的所有名詞皆有陰陽性之分（不是陰性，就是陽性）；其中，有些名詞的陰性形態是透過陽性名詞變化而來，最常見的就是在陽性名詞字尾加上 e，來變成陰性名詞。
un 為陽性單數名詞的不定冠詞，une為陰性單數名詞的不定冠詞。

 陽性名詞 + e = 陰性名詞

例 un ami（男性）朋友 ⟶ une amie（女性）朋友
coréen 韓國男人 ⟶ coréenne 韓國女人

 以-en結尾的陽性名詞，需重複字尾n再加e形成陰性名詞。

05 介紹詞

介紹詞後面一定要加上適當的冠詞或是表示限定的所有形容詞或指示形容詞。

Voici, voilà + 冠詞 / 所有形容詞 或 指示形容詞 + 名詞　這（裡）是～, 那（裡）是～
C'est + 冠詞 / 限定 + 名詞　　這（位／個）是～

例 Voici un CD. 這是一張CD。　　C'est une cassette. 這是一個卡帶。
　　　陽性名詞　　　　　　　　　　　　陰性名詞

▸▸ 參考文法手冊p.2-名詞的陰陽性

1 詢問國籍

	français(e) ?	法國人嗎？
Vous êtes 您是	coréen(ne) ?	韓國人嗎？
	japonais(e) ?	日本人嗎？

2 您來自哪裡？

問題	Vous êtes	d'où ?	您來自哪裡？
	Tu es		你來自哪裡？
	D'où	êtes-vous ?	您來自哪裡？
回答	Je suis de Paris.		我來自巴黎。

3 動詞parler + 各國語言

	français.	法語
	anglais.	英語
Je parle 我說	espagnol.	西班牙語
	chinois.	中文
	coréen.	韓語

12.mp3

Paul

Tiens, voilà un cadeau pour toi.

Cécile

Merci. Tu es très gentil. Mais qu'est-ce que c'est ?

Paul

C'est une poupée française.

Cécile

Oh, elle est bien jolie.

Céline Dion

Cécile

Qui est-ce ?

Paul

C'est Céline Dion.

Cécile

Elle est française ?

Paul

Non, elle est canadienne. Elle est chanteuse.

Leçon 04

保羅	ㄟ！這是給妳的禮物。
塞希爾	謝謝，你真的很親切；但這是什麼？
保羅	法國洋娃娃。
塞希爾	哇！她很漂亮。

- tiens — 咦（喚起注意或表示驚訝）
- cadeau m. — 禮物
- pour — 為了（相當於英語的for）
- très — 非常、很
- gentil(le) — 親切的
- mais — 但是
- poupée f. — 洋娃娃
- bien — 好地
- joli(e) — 漂亮的

塞希爾	這是誰？
保羅	這是席琳狄翁。
塞希爾	她是法國人嗎？
保羅	不是，她是加拿大人，她是歌手。

- Canadien(ne) — 加拿大人
- Céline Dion — 席琳狄翁（歌手）
- chanteuse f. — 女歌手
- chanteur m. — 男歌手

04

médecin

Que faites-vous dans la vie ?

journaliste

Je suis journaliste. Et vous ?

médecin

Je travaille à l'hôpital.

journaliste

Ah, vous êtes médecin ?

médecin

Oui, c'est ça.

Paul

Qu'est-ce que tu fais, Cécile ?

Cécile

Je suis étudiante. Toi aussi, tu es étudiant ?

Paul

Oui, je fais des études.

Leçon 04

Situation ③（會話 ③）

醫生	您的職業是什麼？		· que	什麼
記者	我是記者，您呢？		· faire	做
醫生	我在醫院工作。		· dans	在（～裡面）
記者	哦，您是醫生嗎？		· vie f.	人生
醫生	是，的確如此。		· journaliste	記者
			· travailler	工作
			· hôpital m.	醫院
			· médecin m.	醫生

Situation ④（會話 ④）

保羅	塞希爾，你的職業是什麼？		· étudiant(e)	學生（女）
塞希爾	我是學生，你也是學生嗎？		· toi aussi	你也是
保羅	是，我還在讀書。		· études f.	學業

Actes de parole

身分・職業

13.mp3

1 詢問職業

A: Que faites-vous dans la vie ?
您的職業是什麼？

B: Je suis médecin.
我是醫生。

A: Quelle est votre profession ?
您的職業是什麼？

B: Moi, je suis journaliste.
我，我是記者。

A: Qu'est ce-que vous faites (en France) ？ 您（在法國）的職業是什麼？

B: Je suis étudiant / étudiante.　　　　　我是（男）學生/我是（女）學生。

Je suis~
我是……

職業

acteur 男演員

actrice 女演員

chanteur 男歌手

chanteuse 女歌手

médecin 醫生

architecte 建築師

peintre 畫家

01 不定冠詞   un / une / des

不定冠詞表示未定或初次提到的對象或物品，不定冠詞與後面出現的名詞陰陽性、單數數一致; 單數un / une（一個），複數des（一些），相當於英語的a / an。

不定冠詞	陽性	陰性
單數	un	une
複數	des	

 Voilà un timbre, une enveloppe et des crayons.   這是一張郵票、一個信封和一些
     陽性名詞   陰性名詞   複數   鉛筆。

> 不定冠詞後出現以母音或啞音h開頭的單字需要連音。
> un arbre 樹   des écoles 學校   ▶ 請參考文法手冊p.14

02 冠詞的省略

如第三課文法重點02單元提過，「國籍、身分、職業」前，冠詞需省略。

 Je suis journaliste.   我是記者。

03 疑問代名詞   qui 誰／que 什麼

疑問代名詞 qui‧que 意思為「誰、什麼」。

 誰    什麼

Qui est-ce？ 那（個）人是誰？ → C'est Robert. 他是羅伯特。

Qu'est-ce que c'est？ 這是什麼？ → C'est un livre. 這是一本書。

文法重點

04 定冠詞 — le / la / les

定冠詞表示特定的對象、物品或上文已提過之對象及物品。與不定冠詞一樣，定冠詞與後面出現的名詞陰陽性、單複數一致；相當於英語的the。

▶▶ 請參考文法手冊p4

定冠詞	陽性	陰性
單數	le	la
複數	les	

例 Ce sont les amis de Marie. 這些人是瑪麗的朋友。

le, la 面遇到以母音或啞音h開頭的單字需縮寫成l'，les需與後面的複數名詞連音。

例 le + arbre ⇨ l'arbre 樹　　　les + arbres ⇨ les arbres 很多樹

la + école ⇨ l'école 學校　　　les + écoles ⇨ les écoles 很多學校

05 以-re結尾的第三類不規則動詞 — faire 做

faire（做）為-re結尾的第三類不規則動詞，隨著人稱的不同，動詞不規則變化；除了faire外，以-re結尾常見的動詞有mettre（放置）、dire（說）、connaître（知道）等。

★**faire** 的現在式動詞變化

je	fais	我做～	nous	faisons	我們做～
tu	fais	你做～	vous	faites	您們做～
il/elle	fait	他／她做～	ils/elles	font	他們／她們做

◎ nous faisons「ai」的發音為例外，不發「ɛ」而發「ə」

句型練習

1 詢問人事物

問題	Qu'est-ce que c'est ?		這是什麼？
	Qui est-ce ?		是誰？
回答	C'est	un timbre canadien.	這是一張加拿大的郵票。
		une étudiante.	這是一位女學生。
	Ce sont des photos.		這是一些照片。

2 詢問職業

Quelle est	votre	profession ?	您的職業是什麼？
Qu'est-ce que	vous faites	dans la vie ?	您的職業是什麼？
Que	faites-vous		

3 詢問身分

Je suis étudiant.	我是學生。
Il est médecin.	他是醫生。

CULTURE FRANÇAISE 六角形的法國國土與首都巴黎

法國位於歐洲大陸的西方，地中海和大西洋中間，正式的名稱為「法蘭西共和國」首都為巴黎。繼俄羅斯和烏克蘭，為歐洲第三大領土的國家。法國國土模樣近於六角形，三面環海，三面被群山圍繞。

法國面積
約551,208k㎡（含科西嘉島）

人口
約6,800萬人（2023年）

民族與歷史

法國人原本為法蘭克(Franc)的一個民族，起源於高盧(Gaule)，羅馬帝國時代的朱利斯‧凱薩(Julius César)成功地佔領現在的法國地區，並使法國羅馬化。

法國深受拉丁文化影響，其中包括語言在內，在民族性、社會制度和文化上都留下明顯痕跡。由於受到歐洲文化中心—拉丁文化的薰陶，使法國全方面的形成開朗、樂觀的民族性格，相較於嚴肅的英國和德國，法國對於外來文化接受度很高的國家。

和台灣皆為四季分明的國家，法國深受地中海氣候的影響，夏季高溫且乾燥，冬季酷寒且經常下雨，導致氣候潮溼，天空昏暗不見日光。

巴黎的歷史

西元前三世紀，古代高盧的一個分支、巴利西人(Parisi)在巴黎地區的核心，塞納河上的西提島（又譯作「西岱島」或「城島」，Île de la Cité）定居，可以稱作是巴黎的開始。他們在塞納河左岸(Rive gauche)的拉丁區(Quartier latin)建立新的都市，此後300年，他們在塞納河畔活躍、發展而逐漸成為巴黎的核心。

西元五世紀到八世紀中葉法蘭克王國建立麥洛溫王朝(Mérovingiens)，八世紀中葉到十世紀末建立卡洛林王朝(Carolingiens)，西元987年貴族選法蘭西公爵—字格‧卡佩(Hugues Capet)為國王，法蘭西王國卡佩王朝開始；從卡佩王朝開始，巴黎成為法國的歷史主要舞台。

法國與英國的英法百年戰爭、玫瑰戰爭和宗教戰爭的時代，巴黎如同有狼出沒般荒廢，此後發展到七世紀，人口已達三十萬，直到十八世紀左右，已經成為五十萬的大都市。

雖然法國大革命導致許多的紀念物遭到破壞，此時期也興建了凱旋門和羅浮宮博物館。

十九世紀末開始，巴黎被稱為美麗的時代(Belle Epoque)，世界的美術家和文學家，還有思想家們活躍的時代。

此後，經歷第一、二次世界大戰。一直到現在，巴黎仍為歐洲文化的核心，瀰漫著自由與生動的都市。

- 巴黎人口　約2,154,700人，包含居住人口約1,100萬人，為法國全國人口的1/6。

- 面積　　　105,4 km²
- 東西長度　12km
- 南北長度　8km

Paris

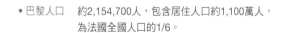

Notre-Dame de Paris 巴黎聖母院

05

先生，非常謝謝您！

Merci beaucoup, Monsieur.

15.mp3

Situation ①（會話①）

Mademoiselle

S'il vous plaît, Monsieur. Il y a un hôtel près d'ici ?

Monsieur

Oui, à côté de la poste.

Mademoiselle

Merci beaucoup, Monsieur.

Monsieur

Je vous en prie.

Situation ②（會話②）

Paul

Est-ce que tu as un timbre ?

Sophie

Non, je suis désolée.

Paul

Et alors, tu as une enveloppe ?

Sophie

Oui, voilà .

Paul

Merci !

Sophie

De rien !

Situation ① (會話 ①)

小姐	先生，請問這附近有一家旅館嗎？
先生	有，在郵局旁邊。
小姐	非常謝謝你，先生。
先生	不客氣。

- hôtel m. 飯店
- près d'ici （靠近這裡）這附近
- côté m. 旁邊
- poste f. 郵局
- merci beaucoup 非常謝謝

Situation ② (會話 ②)

保羅	你有一張郵票嗎？
蘇菲	沒有，很抱歉。
保羅	那麼，你有一個信封嗎？
蘇菲	有，在這裡。
保羅	謝謝！
蘇菲	不客氣。

- timbre m. 郵票
- désolé(e) 遺憾的、對不起
- enveloppe f. 信封

05

Situation ③ （會話 ③）

Monsieur

Est-ce que vous voulez un café ?

Madame

Oh! Oui. Merci.

Monsieur

Voulez-vous une cigarette ?

Madame

Non merci.

Situation ④ （會話 ④）

Monsieur

Je peux vous aider à porter votre valise ?

Madame

Mais vous n'êtes pas pressé ?

Monsieur

Non, pas du tout. Tenez, donnez-moi votre valise.

Madame

Merci beaucoup, Monsieur.

Monsieur

Ce n'est rien, Madame.

Leçon 05

Situation ③（會話 ③）

先生	您想要喝杯咖啡嗎？
夫人	嗯！好，謝謝。
先生	您想要抽根菸嗎？
夫人	不，謝謝。

- vouloir　　　想要
- café m.　　　咖啡
- cigarette f.　　香菸

Situation ④（會話 ④）

先生	我可以幫你提行李箱嗎？
夫人	但是您不趕時間嗎？
先生	不，一點也不趕，來！把行李箱給我吧！
夫人	非常謝謝你，先生。
先生	不客氣，夫人。

- aider　　　　幫助、幫忙
- prier　　　　期望、期許
- porter　　　　提
- valise f.　　　行李箱
- pressé(e)　　匆忙的
- ne... pas du tout　一點也不…
- tenez　　　　發語詞
- donner　　　給
- pouvoir　　　能、可以
- rien　　　　什麼都沒有

Actes de parole

16.mp3

1 婉轉表達

Voulez-vous une cigarette ?
您想要抽根菸嗎？

Non, merci.
不，謝謝你。

Oui, s'il vous plaît.
好，麻煩了。

2 感謝

A: Merci beaucoup, Monsieur.
非常謝謝你，先生。

B: De rien, Madame.
不客氣，夫人。

A: Merci de votre invitation.
謝謝您的邀請。

B: Je vous en prie.
不客氣。

01 介紹詞　　Il y a / voilà / voici　有～／這是／那是

肯定句

Il y a~（有～）相當於英語的There is (are)，是很常用的表達，需熟悉用法。

例　Il y a un chat. 有一隻貓。　　　　Il y a des chiens. 有一群狗。

疑問句

Il y a~ 的疑問型為倒裝句 Y a - t - il~?

例　Y a-t-il une église près d'ici ?　　這附近有一座教堂嗎？

否定句

Il y a~的否定句為 Il n'y a pas ~

例　Il n'y a pas de fleurs dans le vase.　花瓶裡沒有花。

02 第三類不規則動詞　　avoir　有

與être（是～）一樣重要的動詞avoir（有），相當於英語的have，需熟記動詞不規則變化。

★avoir 的現在式動詞變化

j'	ai	我有～	nous	avons	我們有～
tu	as	你有～	vous	avez	您（們）／你們有～
il/elle	a	他／她有～	ils/elles	ont	他／她們有

▶ avoir的變化形皆為母音開頭，發音時需特別注意。

例　J' ai une moto.　　　　　　　　我有一台摩托車。

03 否定句

ne + 動詞 + pas 否定句的組成中，pas換上其他單字，也可以形成否定句。

形態	意思
ne + 動詞 + pas	不、不是、沒
ne + 動詞 + rien	一點也不～
ne + 動詞 + ni~ ni~	～既～也不是

▶ ne 後面遇到以母音或啞音h開頭的動詞，需縮寫成n'

例 Je n'aime pas le chocolat.　我不喜歡巧克力。

04 受詞人稱代名詞
vous 你們

動詞的受詞（相當於英語裡，動詞的受詞）可分為直接受詞與間接受詞代名詞。
除了肯定命令句外，受詞代名詞必須置於動詞前面。

單複數	人稱	直接受詞	意思	間接受詞	意思
單數	第一人稱	me	我	me	我
	第二人稱	te	你	te	你
	第三人稱陽性	le	他	lui	他
	第三人稱陰性	la	她		她
複數	第一人稱	nous	我們	nous	我們
	第二人稱	vous	你們、您	vous	你們、您
	第三人稱陽性	les	他們	leur	他們
	第三人稱陰性		她們		她們

例 Je peux <u>vous</u> <u>aider</u> ?
　　　　直接受詞 動詞
我可以幫忙您（們）嗎？

Je <u>vous</u> <u>envoie</u> un bouquet de fleurs.
　　間接受詞 動詞
我寄給您（們）一束花

▶▶ 參考文法手冊p.9-人稱代名詞

1

S'il vous plaît,		麻煩您	
Pardon,	Monsieur.	抱歉、對不起	先生
Excusez-moi,		不好意思	

2

Merci,		謝謝	
Merci beaucoup,	Madame.	非常感謝您	太太
Merci bien,		非常感謝你	

3

De rien,		不客氣	
Ce n'est rien,		沒關係	
	Mademoiselle.		女士
Je vous en prie,		不客氣	
Il n'y a pas de quoi,		不客氣	

06

對不起，我很抱歉
Pardon, je suis désolé.

18.mp3

désolé

Situation ① （會話①）

Monsieur

Bonjour, Madame. Je suis bien chez M. Martin ?

Madame

Ah non, ce n'est pas là.

Monsieur

Pardon, je suis désolé.

Madame

Ce n'est pas grave.

Situation ② （會話②）

Monsieur

Allô, Air France ?

Madame

Non, c'est une erreur.

Monsieur

Excusez-moi, je suis désolé.

Madame

Ça ne fait rien.

Monsieur

Au revoir, Madame.

Madame

Au revoir, Monsieur.

Situation ① （會話 ①）

先生	您好，夫人，請問這是馬汀先生的家嗎？
夫人	不，這裡不是。
先生	對不起，我很抱歉。
夫人	沒關係。

- chez　　　　在～家
- là　　　　　這裡
- désolé(e)　遺憾的
- grave　　　嚴重的

Situation ② （會話 ②）

先生	喂！法國航空嗎？
夫人	不，您打錯電話了。
先生	對不起，我很抱歉。
夫人	沒關係。
先生	再見，女士。
夫人	再見，先生。

- Air France　法國航空
- erreur f.　錯誤、失誤
- excuser　　道歉
- ça fait　　 這（個）造成…
- revoir　　　再見
　　　　　　　re再次
　　　　　　　voir見（面）

06

Situation ③（會話 ③）

Nicolas

Depuis quand habitez-vous en France ?

Sylvie

Depuis deux ans.

Nicolas

Où habitez-vous maintenant ?

Sylvie

J'habite au 6 rue Aragon.

Nicolas

Dans une maison ?

Sylvie

Non, dans un appartement.

Situation ④（會話 ④）

Nicolas

(Tiens), Salut, Sylvie !

Sylvie

Salut, Nicolas !

Nicolas

Où vas-tu ?

Sylvie

Je vais à la poste. Et toi, tu vas où?

Nicolas

Au cinéma Rex. Il y a un bon film.

Leçon 06

Situation ③（會話 ③）

尼古拉	您什麼時候開始住在法國？
希勒微	兩年前。
尼古拉	你現在住在哪裡？
希勒微	我住在艾拉崗路6號。
尼古拉	是房子嗎？
希勒微	不，是公寓。

- depuis　　　　自從、自…以來
- quand　　　　什麼時候
- an m.　　　　年、歲
- habiter　　　（居）住
- maintenant　　現在
- dans　　　　在…裡面
- rue f.　　　　路
- six [6]　　　　六
- maison f.　　　房子
- appartement m.　公寓

Situation ④（會話 ④）

尼古拉	（咦）嗨！希勒微。
希勒微	嗨！尼古拉。
尼古拉	你去哪裡？
希勒微	我去郵局。你呢？你去哪裡？
尼古拉	黑克斯電影院，那裡有一部好看的電影。

- cinéma m.　　電影院
- film m.　　　電影

91

Actes de parole

場所

19.mp3

1 目的地

A: Où allez-vous ?
您去哪裡？

B: Je vais à Marseille.
我去馬賽。

A: Où vas-tu ?
你去哪裡？

B: Je vais au grand magasin
我去百貨公司。

à la banque
（去／在）銀行

à la poste
（去／在）郵局

à l'hôpital
（去／在）醫院

au jardin
（去／在）公園

au supermarché
（去／在）超級市場

à la librairie
（去／在）書局

au marché
（去／在）市場

aux toilettes
（去／在）廁所

▶ 方向

nord 北方

ouest 西方

est 東方

sud 南方

01 以-er結尾的第一類動詞 　　　　　　　　　　　habiter（居）住

以-er結尾的大部分為第一類規則動詞，以-e, -es, -e, -ons, -ez, -ent的方式規則變化。

第一類規則動詞

單數	字尾	複數	字尾
je	-e [不發音]	nous	-ons
tu	-es [不發音]	vous	-ez
il / elle	-e [不發音]	ils / elles	-ent [不發音]

 habiter(住)為第一類規則變化的動詞，主詞為第一人稱單數時，需縮寫成j'habite。

★habiter 的現在式動詞變化

j'	habite	我住	nous	habitons	我們住
tu	habites	你住	vous	habitez	你們／您（們）住
il/elle	habite	他／她住	ils/elles	habitent	他／她們住

　　J' habite à Taipei.　我住在台北。　　　　　　　　　　　　　　◎ à為介系詞

02 Pardon !　　　　　　　　　　　　　　　　　　　　　　對不起

❶ 請求原諒　　　Pardon, Monsieur. Il y a un hôtel près d'ici ? 對不起，先生，請問這附近有飯店嗎？

❷ 道歉　　　　　Pardon, je suis désolé(e).　　　　　　　　對不起，我很抱歉。

❸ 要求再說一次　Pardon ? Je ne comprends pas.　（你說）什麼？我不了解。
　　　　　　　　　　　　　　　　　　　　　　　　（聽不清楚的時候）→ 請再說一次好嗎？

03 冠詞的合併

定冠詞 le / les 出現在à / de前面時，需合併使用。（陰性單數定冠詞la無論前面出現à或de無法合併）

	陽性單數 le	陰性單數 la	複數 les
à 在～	au	à la	aux
de ～的	du	de la	des

例

à + le
Je vais au marché. 　　　　我去市場。

à + les
Tu vas aux États-Unis ? 　　你去美國嗎？

à la 無法合併
Nous allons à l'école. 　　　我們去學校。

04 數字　　　　　　　　　　　　　　1～10數字的說法

1	un / une	6	six
2	deux	7	sept
3	trois	8	huit
4	quatre	9	neuf
5	cinq	10	dix

❶ 0 zéro .
❷ un是陽性單數不定冠詞，也當數字1，在陰性名詞前un改用une。
❸ 數字後面出現以母音或啞音h開頭的單字需連音。
❹ 數字5、6、8、10後面遇到以子音開頭的名詞，數字5、6、8、10字尾的子音不發音。

1 道歉

Pardon,	excusez-moi.	對不起，請原諒我。
	je suis désolé(e).	對不起，我很抱歉。
Ce n'est pas grave.		沒關係。
Ça ne fait rien.		這沒什麼。

2 詢問居住地

問題	Où	habitez-vous ?	您住在哪裡？
		à Séoul.	我住在首爾。
回答	J'habite	dans une maison.	我住在房子。
		dans un appartement.	我住在公寓。

3 目的地

問題	Où	allez-vous ?	您去哪裡？
		vas-tu ?	你去哪裡？
回答	Je vais	à Lyon.	我去里昂。
		au cinéma.	我去(看)電影。
		à la poste.	我去郵局。

❍ 陽性單數定冠詞à le須合併成au，而陰性單數定冠詞à la無法合併。

Culture Française 巴黎的主要名勝 ①

① 聖母大教堂

聖母大教堂(Notre Dame，原意為「我們的女士」)，這位女士指的正是耶穌的母親-聖母瑪利亞。聖母大教堂是法國舉行虔誠儀式的地方，它是法國初期歌德式建築最傑出的代表。西元1760年，路易十六世在此舉行婚禮後，更奠定聖母院舉足輕重的地位。法國大革命時，憤怒的群眾面臨教會的破害，巴黎聖母院遭到褻瀆與破壞;1802年拿破崙又重新賦予巴黎聖母院宗教之職，並在1804年舉行加冕儀式。聖母院內部約9000個教堂，並以彩色玻璃裝飾而成的玫瑰玻璃窗而聞名。教堂南邊頂端，佈置著維克多-馬里·雨果的著名小說「巴黎聖母院」(Notre-Dame de Paris，又譯作鐘樓怪人)的大海報。

Notre-Dame de Paris 巴黎聖母大教堂

Notre-Dame de Paris

世界上最雄偉傑出的建築物好像都在巴黎耶!

Arc de Triomphe 凱旋門

② 凱旋門

是拿破崙一世(Napoléon Premier)為了紀念1805年在奧斯特利茨戰役中打敗俄奧聯軍的勝利，於1806年下令在星形廣場（今戴高樂廣場）興建「一道偉大的雕塑」，迎接日後凱旋的法國將士建造，門柱上刻著跟隨拿破崙遠征的600名將軍名字。

為表達敬意，拿破崙死後，法國人抬著棺材通過凱旋門，第一次世界大戰勝利後，英勇的法國將士也通過此門象徵偉大的成就。到今天，巴黎人民始終保留著這樣的傳統：每逢重大節日盛典，一個身穿拿破崙時代盔甲的戰士，手持劈刀，守衛在雕像前，鼓舞法國人民為自由、平等、博愛而戰鬥。每年的7月14日，法國舉國歡慶國慶節時，法國總統都要從凱旋門下通過;而每當法國總統卸職的最後一天也要來此，向無名烈士墓獻上一束鮮花。

巴黎12條大街都以凱旋門為中心，以放射狀向四周放射，其中最著名的就是香榭大道。凱旋門的拱門上可以乘電梯或登石梯上頂端的平台，從這裡可以欣賞整個巴黎的美景。1970年後，為了紀念法國最偉大的偉人－夏爾·戴高樂將軍，在巴黎解放後，法國人把原名星形廣場改為戴高樂廣場。

巴黎12條街以凱門為中心，向四周放射。

③ 香榭大道 Avenue des Champs-Elysées

戴高樂廣場附近被譽為巴黎最美麗的街道。

街道兩旁林立著電影院、咖啡廳及購物中心，在夏季觀光旺盛的季節，這裡的觀光客比巴黎市民還要多很多。有名的富凱咖啡廳(le Fouguets)為知名藝人經常出現的地方，咖啡廳裡的裝飾可是被譽為媲美國家級古績般美輪美奐。

> 浪漫的香榭大道，是男女約會的最佳去處。

Place de la Concorde

④ 協和廣場

原本廣場上豎立著路易十五世的騎馬雕像，法國大革命時遭受破壞，當時貴族階層和資產階級成員接受款待，在格列夫廣場（Place de Grève）觀看宣判有罪的囚犯活著被肢解，新的革命政府在革命廣場立起了斷頭台，斷頭台前經常聚集著喝彩的人群。1793年，第一位名人法國國王路易十六，在革命廣場被處決；在這裡上斷頭台的重要人物還有王后瑪麗·安托瓦內特Marie Antoinette等1000多名。

廣場的中心擺放著巨大的埃及方尖碑，上頭裝飾著象形文字，讚揚法老王拉美西斯二世的統治。

⑤ 新橋

因法國電影「新橋戀人」(Les Amants de Pont Neuf)而聲名大噪的新橋是在1604年由亨利四世治國時完工，是法國巴黎歷史最悠久的橋。

Pont Neuf

07

您喜歡電影嗎？
Vous aimez le cinéma ?

21.mp3

Situation ①（會話①）

Mademoiselle

Vous aimez le cinéma ?

Monsieur

Oui, j'adore le cinéma. Et vous ?

Mademoiselle

Moi aussi, j'aime aller au cinéma.

Monsieur

Quel film préférez-vous ?

Mademoiselle

J'aime les films d'amour.

Situation ②（會話②）

Monsieur

Qu'est-ce que tu aimes dans la vie ?

Mademoiselle

J'aime la musique et le cinéma.

Monsieur

Alors, quelle musique aimes-tu ?

Mademoiselle

J'adore le jazz.

Monsieur

Le rock ?

Mademoiselle

Un peu.

Leçon 07

Situation ① （會話 ①）

小姐	您喜歡電影嗎？
先生	喜歡，我非常喜歡電影，您呢？
小姐	我也是，我喜歡去看電影。
先生	您比較喜歡什麼樣的電影？
小姐	我喜歡愛情片。

- aimez　　　喜歡、愛 ⑲ aimer
- cinéma m.　電影
- adorer　　熱愛
- aller　　　去
- quel　　　什麼樣的、怎麼樣的
- film m.　　電影
- préférez　 比較喜歡 préférer
- amour m.　愛

Situation ② （會話 ②）

先生	你喜歡做什麼休閒活動？
小姐	我喜歡聽音樂和看電影
先生	那麼，你喜歡什麼類型的音樂？
小姐	我喜歡爵士樂。
先生	搖滾樂呢？
小姐	一點點喜歡。

- musique f.　音樂
- jazz m.　　爵士（樂）
- rock m.　　搖滾（樂）
- peu　　　　一點點、稍微

07

Situation ③（會話③）

Paul

Il est quelle heure ?

Sophie

Sept heures moins le quart.

Paul

L'avion va partir dans deux heures.

Sophie

Alors, on prend un taxi ?

Paul

Non, le métro.

Situation ④（會話④）

Monsieur

Le train arrive à quelle heure à Lyon ?

Mademoiselle

Vers quinze heures, je crois. Vous allez à Lyon ?

Monsieur

Oui, pour voir mes amis. Vous avez l'heure ?

Mademoiselle

Il est deux heures et quart.

Situation ③（會話 ③）

保羅	現在幾點鐘？	
蘇菲	六點四十五分。	
保羅	飛機將在兩個小時後起飛。	
蘇菲	那麼，我們搭計程車嗎？	
保羅	不，搭地鐵。	

- heure f.　　時間
- sept(7)　　七
- moins　　減去、少
- quart m.　　1/4
- avion m.　　飛機
- partir　　出發
- deux(2)　　二
- on prend　　我們搭～
- taxi m.　　計程車
- métro m.　　地鐵

Situation ④（會話 ④）

先生	火車幾點到里昂呢？
小姐	我想，下午三點左右，您要去里昂嗎？
先生	是的，去見朋友。現在幾點鐘？
小姐	兩點十五分。

- train m.　　火車
- arriver　　到達
- Lyon　　里昂
　　（法國南部，法國第二大都市）
- vers　　接近、將近
- je crois　　我認為、我覺得
- voir　　看（見）
- mes　　我的
- amis m.　　朋友們

Actes de parole

詢問時間

22.mp3

1 時間

A: Quelle heure est-il ?　　　現在幾點？

B: Il est + ◯ + heure(s)　　現在 ____ 點。

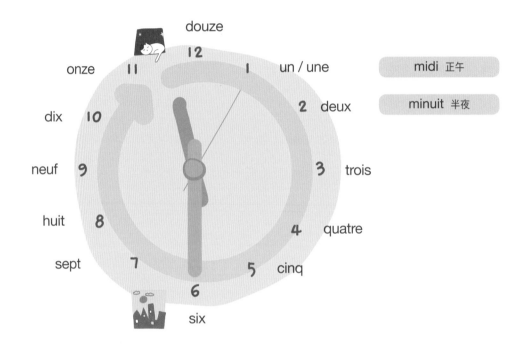

douze
onze
un / une
dix
deux
neuf
trois
huit
quatre
sept
cinq
six
12
11
10
9
8
7
6
5
4
3
2
1

midi 正午

minuit 半夜

再15分就一點了（12點45分）

une heure moins le quart

2點30分

deux heures et demie

3點15分

trois heures et quart

減15分
moins le quart

30分（半）
et demi(e)

15分
et quart

01 疑問形容詞　　　　　　　　　　　quel 什麼樣的、怎麼樣的

疑問形容詞quel（什麼樣的、怎麼樣的）通常置於名詞或動詞être（是）前面，下列四種形態發音皆相同。

不定冠詞	陽性	陰性
單數	quel	quelle
複數	quels	quelles

Quelle est votre profession ?　　您做什麼工作？

Quel âge avez-vous ?　　您幾歲？

02 第一類規則動詞　　　　　　　　　　preférer 比較喜歡

第一類規則動詞，隨人稱的不同，動詞規則變化。但隨著人稱的不同，動詞變化的重音位置也不同。

★préférer 的現在式動詞變化

je préfère 我比較喜歡～	nous préférons 我們比較喜歡～
tu préfères 你比較喜歡～	vous préférez 你們／您（們）比較喜歡～
il/elle préfère 他／她比較喜歡～	ils/elles préfèrent 他／她們比較喜歡～

Je préfère le train à l'avion.　　比起（搭）飛機，我比較喜歡（搭）火車。

03 程度的比較

Je n'aime pas beaucoup le café.　我非常不喜歡（喝）咖啡。

文法重點

程度	喜歡	程度	討厭
++++	adorer	-	ne pas aimer beaucoup
+++	aimer beaucoup	- -	ne pas aimer
++	aimer bien	- - -	ne pas aimer du tout
+	aimer	- - - -	détester

04 虛主詞

il（相當於英語的it）主要為表達時間、天氣、有（il y a）、疑問等的虛主詞。

時間的表達	Quelle heure est-il？ 現在幾點？ → Il est trois heures et quart. 現在3點15分
	虛主詞
天氣	Quel temps fait-il？ 天氣如何？ → Il fait beau. [chaud / froid] 天氣很好。[熱／冷]
表示存在／有～	Il y a un chat. 這裡有一隻貓。
必須、需要〈falloir〉	Il faut + 原形動詞／名詞
	Il faut apprendre le français. 必須要學法語。
	Il faut du repos. 必須要休息。

05 aller + 另一個原形動詞 　　　　即將發生未來式

動詞aller後接另一個動詞表示即將進行的一個動作。

例 L'avion va partir dans deux heures. 　飛機將在兩小時後起飛。

除了表達一個將發生的事情之外，亦有「去…做…」的意思。

例 Je vais voir le film au cinéma. 　我要去電影院看電影。

aller的反義詞venir（來）+ 另一個原形動詞表示「來…做…」。

例 Il vient me voir. 　他來看我了。

venir de + 另一個原形動詞表示「剛發生過去式」，表達一個剛剛才發生的動作。

例 Je viens de rencontrer mes amis. 　我剛剛遇見我的朋友。

1 詢問興趣

問題	Vous aimez	le cinéma ?	您喜歡電影嗎？
		le jazz ?	您喜歡爵士嗎？
		le sport ?	您喜歡運動嗎？
回答	Oui, j'adore	le cinéma.	是，我非常喜歡電影／爵士。
	Non, j'adore	le jazz.	不，我非常喜歡電影／爵士。

2 詢問嗜好

| | Quel sport | aimez-vous ? | 您喜歡什麼運動呢？ |
| | | aimes-tu ? | 你喜歡什麼運動呢？ |

3 詢問時間

問題	Quelle heure est-il ?		現在幾點？
	Vous avez l'heure ?		現在幾點？
	Tu as l'heure ?		現在幾點？
回答	Il est	une heure cinq.	現在1點5分。
		neuf heures moins dix.	現在8點50分。
		trois heures et demie.	現在3點半。

08

今天星期幾？

Quel jour sommes-nous ?

24.mp3

Situation ① (會話 ①)

Nicolas

Quel jour sommes-nous ?

Louise

Nous sommes mardi.

Nicolas

On est le combien ?

Louise

On est le 30 avril.

Nicolas

Alors, demain, c'est le premier mai, n'est-ce pas ?

Louise

Oui.

Situation ② (會話 ②)

Louise

Allô! Nicolas ? Ici, Louise.

Nicolas

Bonjour, Louise ! Comment ça va ?

Louise

Ça va bien. Je pars pour Paris.

Nicolas

Tu arrives quel jour ?

Louise

J'arrive le 25 juillet.

Situation ① （會話 ①）

尼古拉　今天星期幾？

露易絲　今天星期二。

尼古拉　今天幾號？

露易絲　四月三十日。

尼古拉　那麼，明天是五月一日吧？

露易絲　是。

- jour m.　　日子
- mardi m.　星期二
- on　　　　我們 [nous的口語形]
- combien　　多少
- avril m.　　4月
- demain m.　明天
- premier　　第一

Situation ② （會話 ②）

露易絲　喂！尼古拉？我是露易絲。

尼古拉　你好，露易絲，你過得如何呢？

露易絲　很好，我要去巴黎。

尼古拉　你幾號到達巴黎呢？

露易絲　我七月二十五日到達。

- pour　　　　往、向、為了
- arrives　　　～到達 原 arriver
- juillet m.　　7月

08

Louise

Bon anniversaire !
C'est un petit cadeau pour toi.

Nicolas

Merci beaucoup. Mais qu'est-ce que c'est ?

Louise

C'est une petite voiture.

Louise

Bonjour, Madame Lanson. C'est votre fils ?

Madame Lanson

Oui, c'est mon fils.
Il s'appelle Louis.

Louise

Bonjour, Louis. Tu as quel âge ?

Louis

J'ai 9 ans.

Leçon 08

Situation ③（會話 ③）

露易絲　生日快樂，這是給你的小禮物。

尼古拉　非常謝謝您，但這是什麼呢？

露易絲　這是一個小玩具車。

· anniversaire m.	生日、紀念日
· petit(e)	小的
· cadeau m.	禮物
· voiture f.	汽車

Situation ④（會話 ④）

露易絲　您好，朗松夫人，這位是您的兒子嗎？

朗松夫人　是，這位是我的兒子，他的名字是路易。

露易絲　你好，路易，你幾歲？

路易　我九歲。

· fils m.	兒子
· âge m.	年齡

Actes de parole

星期

25.mp3

1 星期

Quand?　　　　le ◯日 ◯月 ◯年

日 + 月 + 年　日期的順序

▶ 星期

星期一	星期二	星期三	星期四	星期五	星期六	星期日
lundi	mardi	mercredi	jeudi	vendredi	samedi	dimanche

▶ 月份 & 四季　法語中，月份的字首必須以小寫來書寫

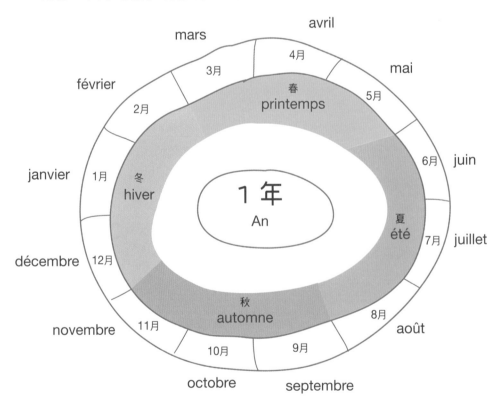

01 數字形容詞

0	zéro	15	quinze
1	un	16	seize
2	deux	17	dix-sept
3	trois	18	dix-huit
4	quatre	19	dix-neuf
5	cinq	20	vingt
6	six	21	vingt et un
7	sept	30	trente
8	huit	40	quarante
9	neuf	50	cinquante
10	dix	60	soixante
11	onze	70	soixante-dix
12	douze	80	quatre-vingts
13	treize	90	quatre-vingt-dix
14	quatorze	100	cent

 21, 31, 41, 51, 61 等需寫成 十位數 ✚ et ✚ 個位數

例 31　trente et un

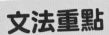

文法重點

02 所有格形容詞

須注意所有格形容詞的選擇是依照後面出現的擁有物（名詞）的陰陽性、單複數，與主詞無關。

請參考文法手冊p15

	陽性	陰性	複數
我的	mon	ma	mes
你的	ton	ta	tes
他／她的	son	sa	ses
我們的	notre		nos
你們／您（們）的	votre		vos
他／她們的	leur		leurs

○ 但是，為了避免兩個母音相遇造成發音不易的情況，以母音或h啞音開頭的陰性單數名詞前面，須使用陽性單數的所有格形容詞。

例 mon père 我的父親　　ma mère 我的母親　　ta mère 你的母親
　　　　陽性名詞　　　　　　　陰性名詞　　　　　　陰性名詞

> 雖然使用mon, ton, son，但都是陰性名詞
> mon école 我的學校　ton amie 你的女朋友　son auto 他／她的汽車

03 生日快樂　　　　　　　　　　　　　　Bon(Joyeux) anniversaire !

生日快樂 Bon anniversaire ! 另外也可以說 Joyeux anniversaire !

Félicitations !
恭喜！

Bonne année !
新年快樂！

句型練習

26.mp3

1 詢問星期

問題	Quel jour	sommes-nous	(aujourd'hui) ?
		est-ce ?	
		est-on ?	

今天星期幾？

回答	Aujourd'hui,	nous sommes	lundi.
		c'est	mercredi.
		on est	vendredi.

今天星期一。
今天星期三。
今天星期五。

2 詢問日期

問題	Le combien	sommes-nous	(aujourd'hui) ？

（今天）幾月幾日？

回答	(Aujourd'hui,)	nous sommes	le neuf mars.

（今天）三月九日。

3 詢問年紀

問題	Quel âge avez-vous ？

您幾歲？

回答	J'ai 23 ans.

我23歲。

113

Culture Française 巴黎的主要名勝 ②

① 奧賽美術館 Musée d'Orsay

在塞納河畔的奧賽美術館於1982年建造完成，在一樓展示著十九世紀中後期的雕刻品，甚至可以看的到米勒及馬奈的作品。在二樓展示著奧古斯特‧羅丹等象徵主義、自然主義、新藝術主義派的雕刻作品。三樓展示著印象主義與後印象主義派畫家的作品，其中莫內、雷諾瓦、竇加、塞尚和高更等的作品最引人注目。

Musée d'Orsay 奧賽美術館

Musée du Louvre 羅浮宮博物館

② 羅浮宮博物館 Musée du Louvre

原本羅浮宮是法國國王的王宮，在拿破崙國王時期大規模擴建後才改為博物館。博物館中央由琉璃作成的金字塔即為博物館入口。

羅浮宮內規模相當大，無法用一天參觀完，因此最好的方法是在入口處拿一份全館地圖後，選擇想參觀的展覽廳參觀。館內不只展示著繪畫，也展示著古希臘、羅馬的雕刻作品和美術工藝品，例如李奧納多‧達文西的蒙娜麗莎、米羅的維納斯、米開朗基羅的奴隸、拿破崙的劍和查理十世裝飾著140.64克拉的鑽石皇冠等總收藏超過40萬件作品，此外，來到這裡也隨處可見拿著寫生簿及寫生筆的美術系學生，在作品前隨地而坐，專注創作的情景。

要往哪裡走好呢？

龐畢度國家藝術和文化中心
Centre National d'Art et de Culture Georges Pompidou

　　在1969年時，法國總統喬治·龐畢度（Georges Pompidou）為了紀念帶領法國於第二次世界大戰時擊退希特勒的戴高樂總統，於是倡議興建一座現代藝術博物館，並於1977年建造完成。一樓為展示廳，二、三樓為圖書館，四樓為現代美術展覽廳。

　　此建築內的所有樓梯、氣窗、煤氣管和電氣管路皆設計為骨架外露並擁有鮮豔的管線機械系統，創造前衛的設計感。藝術中心前面的街道經常聚集許多街頭藝人，例如默劇及雜技表演者、演奏家等藝術表演。搭手扶梯可達頂瑞的瞭望台，可清楚的眺望巴黎最高的山-蒙馬特山丘。

說龐畢度國家藝術和文化中心是曠世鉅作一點也不為過。

④ 巴士底歌劇院 Opéra de la Bastille

　　為了紀念法國大革命兩百週年而於1989年興建的大規模歌劇院。亞洲人中，韓國籍的名指揮家鄭明勛曾受邀至此指揮演奏會。

Opéra de la Bastille 巴士底歌劇院

27.mp3

Situation ① （會話 ①）

Madame

Est-ce que je peux voir ce pantalon brun ?

vendeur

Oui, bien sûr !

Madame

J'aime bien ça. Je peux essayer ce pantalon ?

vendeur

Mais oui, Madame. Voilà une cabine d'essayage.

Situation ② （會話 ②）

vendeur

Vous désirez ?

Madame

Je cherche une robe rouge.

vendeur

Quelle est votre taille ?

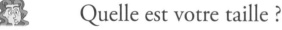

Madame

38 trente-huit.

vendeur

Ah, je regrette, Madame. On n'a plus de 38.

Leçon 09

女士	我可以看看這件褐色的長褲嗎？
店員	好，當然可以！
女士	我很喜歡，我可以試穿這件長褲嗎？
店員	當然可以，女士，那裡有一間更衣室。

- pantalon m.　　長褲
- brun　　　　　褐色的
- essayage m.　　試穿
- cabine f.　　　一小間
- désirer　　　　希望、願意、想

店員	您想要找什麼呢？
女士	我想找一件紅色洋裝。
店員	您的尺寸多大呢？
女士	38號。
店員	啊！對不起，女士，我們沒有38號了。

- désirer　　　　希望、願意、想
- je cherche　　我找～　原 chercher
- robe f.　　　　洋裝
- rouge　　　　　紅色的
- taille f.　　　　尺寸

117

09

Situation ③（會話 ③）

vendeur

Madame, vous désirez ?

Madame

Je voudrais un kilo de pommes, s'il vous plaît.

vendeur

Voilà. Et avec ceci ?

Madame

Donnez-moi aussi deux kilos d'oranges.

vendeur

Ce sera tout, Madame ?

Madame

Oui.

Situation ④（會話 ④）

Monsieur

Je peux fumer ici ?

Madame

Non, je regrette. Vous ne pouvez pas fumer ici.

Monsieur

Comment ? Pourquoi ?

Madame

Parce qu'il est interdit de fumer ici.

Leçon 09

▰ Situation ③（會話 ③）

店員	女士，請問您想買什麼呢？
女士	請給我一公斤的蘋果。
店員	在這裡，還需要其他的嗎？
女士	給我二公斤的柳橙。
店員	這樣就好了嗎？
女士	是。

- voudrais 　　想要、希望
- kilo m. 　　公斤
- pomme f. 　　蘋果
- avec 　　和～
- aussi 　　也
- orange f. 　　柳橙
- sera 　　etre（是）的簡單未來式

▰ Situation ④（會話 ④）

先生	我可以在這裡抽菸嗎？
女士	不，抱歉，您不可以在這裡抽菸。
先生	什麼？為什麼？
女士	因為這裡禁止抽菸。

- fumer 　　抽菸
- regretter 　　遺憾、抱歉、後悔
- pouvez 　　能～ 原 pouvoir
- pourquoi 　　為什麼
- parce que 　　因為、由於
- interdit(e) 　　被禁止的

Actes de parole　　　　購物用語

28.mp3

1 購物

1. Combien (ça coûte) ?　多少錢？

2. Je regarde seulement.　我只是隨便看看。

3. Puis-je l'essayer ?　我可以試穿嗎？

4. Je prends ça.　我買這個。

5. Est-ce que je pourrais payer par carte de crédit ?
我可以用信用卡結帳嗎？

 une bague 戒指

 une veste 外套

 un pantalon 長褲

 des chaussures 鞋子

01 指示形容詞
ce 這～／那～

指示形容詞用來限定某特定的名詞，均放在名詞之前，並依該名詞的陰陽性、單複數而有所變化。

指示形容詞	陽性	陰性
單數	ce (cet)	cette
複數	ces	

Ce pantalon 這條長褲   Cette cassette 這個卡帶

陽性單數   陰性單數

Regardez cet hôtel. 看這間飯店。

◎ 指示形容詞後遇到以母音或啞音h開頭的陽性單數名詞時，需使用cet。

02 -oir結尾的第三類不規則動詞
pouvoir 能、可以

pouvoir（能、可以）為-oir結尾的動詞中，單數人稱以 -x, -x, -t 進行特殊變化的動詞，需特別注意。另外，pouvoir後面必須接原形動詞表示：
1)可能、能夠, 2)許可、允許, 3)推測、猜測

★pouvoir 的現在式動詞變化 pouvoir + 原形動詞

je	peux	我能	nous	pouvons	我們能
tu	peux	你能	vous	pouvez	你們／您（們）能
il/elle	peut	他／她能	ils/elles	peuvent	他／她們能

Nous pouvons partir demain. 我們可以明天出發。

Je peux entrer ? 我能進去嗎？

 pouvoir（能夠）和*vouloir*（想要）一樣皆為*-oir*結尾的常用動詞。

03 條件式表達   Je voudrais + 名詞／原形動詞 我想要～

Je voudrais後面接名詞或原形動詞表達一個委婉、客氣的請求。

voudrais ＋ ／ 想要～

例 Je voudrais une robe.

我想要一套洋裝。

Je voudrais aller en France.

我想要去法國。

avoir besoin de 需要～

例 J'ai besoin d'argent. 我需要錢。

04 Pourquoi ? / Parce que   為什麼／因為、由於

Pourquoi表示「為什麼」，回答則用Parce que「因為、由於」。

例 Pourquoi il est absent ? ⋯ Parce qu'il est malade.

為什麼他缺席了呢？ 因為他生病了。

疑問詞

 Que
什麼

 Quand
什麼時候

 Comment
如何

 Pourquoi
為什麼

 Où
哪裡

 Qui
誰

 Combien
多少

 À quelle heure
幾點

05 禁止的表達   Il est + interdit + de + 原形動詞 禁止（做）～

在這裡的Il為虛主詞（相當於英語的it），如前幾章節提過，Il當主詞時，常用來表達時間、天氣等。

禁止 Il est ＋ interdit ＋ de ＋ 禁止（做）～／不能做～

例 Il est interdit de nager ici. 這裡禁止游泳。

句型練習

29.mp3

1 徵求同意

問題	Est-ce que je peux	voir cette jupe rouge ?	我可以看看這件紅色裙子嗎？
		essayer ce pantalon ?	我可以試穿這條長褲嗎？
		fumer ici ?	我可以在這裡抽菸嗎？
		entrer ?	我可以進來嗎？
回答	Oui, bien sûr !		可以，當然可以。
	Non, je regrette.		不，抱歉。

2 購買商品

問題	Qu'est-ce que	vous désirez ?	您想要什麼呢？
		vous cherchez ?	您在找什麼呢？
	Vous désirez ?		您想要什麼呢？
回答	Je voudrais	une robe.	我想要一件洋裝。
		une cravate.	我想要一條領帶。
	J'ai besoin	d'un chapeau.	我需要一頂帽子。

Situation ① (會話 ①)

Madame

Vous avez des pommes ?

vendeur

Bien sûr, Madame !

Madame

C'est combien le kilo ?

vendeur

Ça coûte 3 euros le kilo.

Madame

Deux kilos, s'il vous plaît.

vendeur

Voilà des pommes.

Situation ② (會話 ②)

Madame

Elle coûte combien ?

vendeur

60 euros.

Madame

Oh, c'est trop cher !

vendeur

Non, ce n'est pas cher. Et elle est à la mode.

Madame

Alors, je la prends.

Leçon 10

Situation ① （會話①）

女士	您有（賣）蘋果嗎？	· pomme f. 蘋果
店員	當然，女士！	· kilo m. 公斤
女士	一公斤多少錢？	· coûte 價錢是～；值～（多少錢）
店員	一公斤3歐元。	· euro(€) 歐元
女士	請給我兩公斤。	
店員	這是您要的蘋果。	

Situation ② （會話②）

女士	這多少錢？	· trop 太
店員	60歐元。	· cher, chère 貴
女士	噢！太貴了。	· mode f. 流行
店員	不會，一點也不貴，而且這個現在很流行。	· je prends 我買～
女士	那麼，我買了。	

10

 Madame   Je voudrais une jupe longue.

 vendeur   De quelle couleur ?

 Madame   Je peux voir la jupe rouge là-bas ?

 vendeur   Oui, bien sûr.

 Madame   Elle est bien jolie. C'est combien ?

 vendeur   75 Soixante-quinze euros.

 Madame   A quoi ça sert, Alex ?

 Alex   Ça sert à déboucher une bouteille.

 Madame   Comment ça s'appelle ?

 Alex   Un tire-bouchon.

 Madame   Ah bon. On va boire du vin ?

  Alex   D'accord.

Leçon 10

Situation ③（會話 ③）

女士	我想要一條長裙。	· je voudrais	我想要～ ⓪ vouloir
店員	什麼顏色呢？	· jupe f.	裙子
女士	我可以看看那件紅色的裙子？	· long(ue)	長的
店員	可以，當然可以。	· couleur f.	顏色
女士	這件很漂亮耶！多少錢？	· rouge	紅色的
店員	75歐元。	· là-bas	那裡
		· joli(e)	漂亮的

Situation ④（會話 ④）

女士	阿列克斯，這用來做什麼的？	· sert	用來… ⓪ servir
阿列克斯	這用來開瓶子的。	· déboucher	開、拔（容器）
女士	它叫什麼名字？	· bouteille f.	瓶子
阿列克斯	開瓶器。	· tire-bouchon m.	開瓶器
女士	啊！原來如此，我們要喝葡萄酒嗎？	· boire	喝
阿列克斯	好啊！		

Actes de parole

顔色的說法

31.mp3

1 顏色

De quelle couleur est-elle ?
這是什麼顏色？

Elle est bleue.
這是藍色。

couleur 顏色

couleur 顏色

blanc
白色

noir
黑色

orange
橘色

rouge
紅色

jaune
黃色

bleu
藍色

vert
綠色

violet
紫色

rose
粉紅色

gris
灰色

doré
金色

argenté
銀色

01 數字形容詞

接續前面，讓我們繼續來學習法語數字的說法。法語100的說法為Cent，200以上必須在Cent後面加上s；而1000的說法為mille，為單複數同型，字尾永遠不加s。

100	cent		1,000	mille
101	cent un		2,000	deux mille
150	cent cinquante		10,000	dix mille
200	deux cents		100,000	cent mille
500	cinq cents		1,000,000	un million
900	neuf cents		5,000,000	cinq millions

02 分配與單位的le   le 每~

le 的意思為「每～」，表示分配或是多少單位。

C'est combien le kilo ?　　每公斤多少錢？

03 部分冠詞   du / de la

前面已經學過不定冠詞un / une和定冠詞le / la的用法，現在我們來學部分冠詞du / de la的用法；部分冠詞常用來表示不可數的物質名詞的一部分或抽象名詞。

	陽性	陰性
單數	du	de la

> 物質名詞？
> 葡萄酒、水、空氣等
> 抽象名詞？
> 錢、愛、運氣等

　　Je bois du vin.　　　　　　　我喝葡萄酒。
　　Il mange de la salade.　　　他吃沙拉。
　　De l'eau, s'il vous plaît !　請給我水。

另外，在否定句時，部分冠詞以de取代。

否定句　　ne ✚ 動詞 ✚ pas de ✚ 名詞

例　Je ne bois pas de café.　　我不喝咖啡。

04　陰性形容詞的特殊形式

前面已經學過形容詞的陰陽性與單複數，▶▶ p 57　這裡要介紹一些特殊型態的陰性形容詞，大部分的陰性形容詞只要在陽性形容詞後面加上e即可，但下列有一些陰性形容詞是隨著陽性形容詞字尾的不同，而陰性形容詞的形態也不同。

規則變化

陽性	陰性	例子		意思
-e	-e	rouge ⟶ rouge		紅色的
-er	-ère	léger ⟶ légère		輕的
-f	-ve	neuf ⟶ neuve		新的
-eux	-euse	heureux ⟶ heureuse		幸福的

不規則變化

陽性	陰性	意思	陽性	陰性	意思
blanc	blanche	白色的	long	longue	長的

05　不定代名詞　　　　　　　　　　on：我們、人們

on永遠作主詞用，通常取代nous / les gens使用，意為「我們、人們」。有時用於避免太過肯定指哪些人，有時也可以看出on是指單數或複數、陰性或陽性的主詞。

例　On prend un taxi？　＝　Nous prenons un taxi？　我們搭計程車嗎？

1 詢問價格

問題	C'est		多少錢？
	Ça fait		
	Ça coûte	combien？	
	Je vous dois		
	Quel est le prix？		
回答	C'est	50 euros.	50
	Ça fait	75 euros.	75　歐元。
	Ça coûte	135 euros.	135

2 詢問顏色

問題	De quelle couleur	est-elle？	這是什麼顏色？
回答	Elle est	bleue.	這是藍色。
		rouge.	這是紅色。
		blanche.	這是白色。

Culture Française 法語的由來・法國人

① 法語的由來

羅馬帝國時代，羅馬人統治法國，拉丁語開始在法國流行。在高盧境內，隨著羅馬移民的增加，高盧人與之使用的通用拉丁語融合成為通俗拉丁語，與此同時，作為上層文人使用的書面拉丁語開始衰退。高盧境內說拉丁語的早先居民，與隨著民族大遷徙進入高盧的講日耳曼語的法蘭克人的語言開始融合。拉丁語和日耳曼語最終融合成羅曼語。封建時代，羅曼語族分裂成北方的奧依語(Langue d'oïl)與南方的奧克語(Langue d'oc)。在今天的法國領土上有很多不同的方言，但是後來巴黎附近地區的方言「Île-de-France」（法蘭西島）取代了其他的方言並成為了現代法語官方語言的基礎。

② 拉丁語和法語

十八世紀末，可以說是新思維啟蒙的時期，特別是人文科學、自然科學發展最快速時期，許多的新造詞語都是借用希臘語。法語雖然被視為貴族的通用語，在大學和教會仍然是以拉丁語為通用語。

1789年，從法國大革命開始到十九世紀為止，中產階級掌握大權，產業快速發展，加上教育普及的巨大變化，因此，法語逐漸標準化，各階級開始學習標準的法語拼字，大部分的法國人皆能使用標準的法語溝通。也因為如此，拉丁語漸漸式微，學校也不再教授拉丁語。

③ 不清不楚的就不是法文 *Ce qui n'est pas clair n'est pas français.*

1. 語音系統

法語是一種發音明確鮮明的語言，母音音色多樣化，單字大致上簡短且帶著輕微的重音。

2. 簡潔扼要

法語單字簡短，偏好簡潔有力的表達，因此傾向於將較長且複雜的單字或句子簡化縮短使用，也就是說，法國人喜歡使用固定慣用的表達方式。

3. 有邏輯性

法國人喜愛分析事實現況。一般來說，他們在談話前，會先分辨將提到人事物等主題的陰陽性、單複數；確定句子中所有單字、主詞、動詞、受詞等相互關係是否合乎邏輯，語序是否正確後，再進行詳細的表達說明，以利於表達抽象概念的合理性。

法國人的個性與氣質

法國人喜歡率直、明確地表達自我想法，換句話說，他們討厭模稜兩可的態度。特別是他們能很有技巧性地諷刺他人的缺點。

此種性格來自於他們的祖先－高盧族，以前在高盧地區（Gaule）居住的克爾特族，被羅馬人稱為「住在高盧地區的高盧人」（Gaulois, 拉丁語為gallus）。這個拉丁語有兩種意思，一種是稱住在高盧地區的人，另一種是公雞的意思。在羅馬人眼中，法國人的祖先克爾特族有著公雞般的性情，意思是他們的個性率直、開朗但帶點色情的性格。

大部分的法國人性格樂觀開朗、務實實際且靈活變通，他們富有理性的思考、規矩的言行舉止、算是和平主義者。但缺點是比較衝動行事，另外，他們喜愛享受葡萄酒及欣賞藝術，同時他們喜愛批判。

11 喂！ Allô?

Sylvie

Allô ? Est-ce que Paul est là, s'il vous plaît ?

Paul

Oui, c'est moi. Qui est à l'appareil ?

Sylvie

C'est Sylvie.

Paul

Salut, Sylvie !

Sylvie

Salut, Paul !

Henri

Allô? Nicole ? C'est Henri à l'appareil.

Sylvie

Quel numéro appelez-vous ?

Henri

Quarante-quatre, zéro un, cinquante-trois, quarante-deux.

Sylvie

Je suis désolée, mais c'est une erreur.

Henri

Oh, excusez-moi.

Sylvie

Ce n'est pas grave.

Leçon 11

Situation ① （會話 ①）

希勒微	喂！請問保羅在嗎？
保羅	是，我就是，請問您是哪位？
希勒微	我是希勒微。
保羅	嗨！希勒微！
希勒微	嗨！保羅。

- allô　　　　喂

Situation ② （會話 ②）

亨利	喂！尼古拉嗎？我是亨利。
希爾薇	您打幾號呢？
亨利	44. 01. 53. 42。
希爾薇	抱歉，您打錯電話了。
亨利	噢！對不起。
希爾薇	沒關係。

- appareil m.　　器具、裝置
- numéro m.　　號碼
- erreur f.　　錯誤、失誤
- grave　　　　嚴重的

135

Situation ③（會話 ③）

Pierre

Allô ? Je suis bien chez Françoise ?

Sophie

Bien sûr, Monsieur ! Mais qui est à l'appareil ?

Pierre

Ici, c'est Pierre, l'ami de Françoise.

Sophie

Ah, bonjour, Pierre. Ne quitte pas.
Je te la passe.

Situation ④（會話 ④）

employée

Allô ! SNCF, bonjour.

Zidane

Bonjour, je voudrais parler à M. Maure,
s'il vous plaît !

employée

Je suis désolée, Monsieur, mais M. Maure est en ligne.
Vous voulez laisser un message ?

Zidane

Non, merci.

Leçon 11

皮埃爾	喂？ 我找弗朗索娃絲。	· ami(e)	朋友
蘇菲	當然，先生！但請問您是哪位？	· quitter	離開
皮埃爾	我是皮埃爾，弗朗索娃絲的朋友。	· passer	傳遞
蘇菲	啊！你好，皮埃爾，不要掛掉，我請她聽電話。		

Situation ④（會話 ④）

職員	喂！這裡是法國鐵路局，您好。	· SNCF	法國國營鐵路局
席丹	您好，我想跟莫爾先生講話。	· ligne f.	線
職員	我很抱歉，先生，莫爾先生正在電話中。您想要留言嗎？	· laisser	留（留言）
席丹	不用，謝謝！	· message m.	留言

Actes de parole 打電話

34.mp3

1 打電話

Une télécarte à 50 unités. SVP !

請給我一張50單位的電話卡。

SVP：S'il vous plaît 的縮寫

le téléphone public

la cabine téléphonique 電話亭

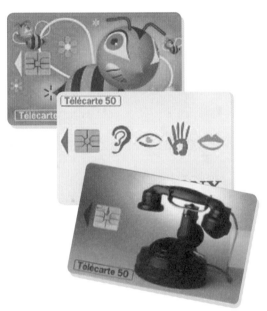

公共電話卡

138

01 動詞變化

appeler 叫、打電話

appeler為前面已經提過以-er結尾的第一類規則動詞，讓我們一起再複習一次。

★appeler 的現在式動詞變化

j'	appelle	我叫～	nous	appelons	我們叫～
tu	appelles	你叫～	vous	appelez	您（們）／你們叫～
il/elle	appelle	他／她叫～	ils/elles	appellent	他／她們叫～

02 受詞人稱代名詞 II

前面已經稍微提過**受詞人稱代名詞**，本章節將再更詳細、更深入的解說。

▶ 參考p.86受詞人稱代名詞

 先複習一下前面提過的受詞人稱代名詞

1. 動詞的受詞（相當於英語裡，動詞的受詞）可分為直接受詞與間接受詞代名詞。除了肯定命令句外，受詞代名詞必須置於動詞前面。只有在受詞為第三人稱單數時，有陽性(le)與陰性(la)的區分。

   Je la regarde. 我看她。

2. me, te, le/ la後面出現以母音或h啞音開頭的單子需縮寫成m', t', l'。

   Je t'aime. 我愛你／妳。

那麼，接著讓我們來了解直接、間接受詞在句子中的順序。

1. 間接受詞為第一、二人稱時，置於直接受詞的前面。

$$主詞 + (ne) + \begin{matrix} me \\ te \\ nous \\ vous \end{matrix} + \begin{matrix} le \\ la \\ les \end{matrix} + 動詞 + (pas)$$

間接受詞　　直接受詞

例 Paul me le donne.　　保羅給我這個。

　　　間接受詞　直接受詞
　　　（我）　　（這個）

2. 間接受詞為第三人稱時，置於直接受詞的後面。

$$主詞 + (ne) + \begin{matrix} le \\ la \\ les \end{matrix} + \begin{matrix} lui \\ leur \end{matrix} + 動詞 + (pas)$$

例 Elle les leur donne.　　她給他們這些。

　　　間接受詞　直接受詞
　　　（這個）　（他們）

03　肯定命令句　　　　　　　　　　　動詞－受詞代名詞

肯定命令句裡，動詞後面接受詞代名詞，動詞與代名詞中間以「－」相連接，下面的例句中，moi（我）為間接受詞代名詞，votre valise（您的行李箱）為直接受詞。

此時的間接受詞使用的是moi而不是me哦！

間接受詞　　直接受詞

Donnez-moi votre valise.　　把您的行李箱給我！

35.mp3

1 打電話

Allô ! Je voudrais parler à Pierre, s'il vous plaît.
喂！我想跟皮埃爾講電話，麻煩您！

C'est lui-même.	這是他本人。
Non, il / elle n'est pas là.	不，他／她不在這。
Je suis désolé, mais c'est une erreur.	我很抱歉，你打錯電話了。

2 確認對方身分

Qui est à l'appareil ?	請問您是哪位？
C'est de la part de qui ?	
Ici, c'est Alex.	我是阿列克斯。
De M. Dupont.	我是都彭先生。

3 留言

Voulez-vous laisser un message ?	您要留言嗎？
Veux-tu laisser un message ?	你要留言嗎？
Est-ce que je peux laisser un message ?	我能留個言嗎？
Dites-lui de me rappeler.	請他回電話給我。

12

我們在哪裡見面？
On se voit où ?

36.mp3

Situation ① (會話①)

Philippe

Tu es libre ce vendredi ?

Marie

Oui, je suis libre. Mais, pourquoi ?

Philippe

Alex et moi, nous allons à la FNAC.
Tu viens avec nous ?

Marie

D'accord.

Situation ② (會話②)

Philippe

Qu'est-ce que tu vas faire ce samedi ?

Marie

Rien de spécial.

Philippe

Tu veux aller aux Puces avec moi ?

Marie

C'est une bonne idée!
Mais c'est à quelle heure le rendez-vous ?

Philippe

À 9 heures du matin, à la station de métro Iéna.

Marie

Entendue ! À samedi !

Leçon 12

Situation ① （會話 ①）

菲力浦	你這星期五有空嗎？	· libre	空閒的
		· vendredi m.	星期五
瑪麗	有，我有空。有什麼事嗎？	· pourquoi	為什麼
		· FNAC f.	法雅客書局
菲力浦	我跟阿列克斯要去法雅客書局，你要跟我們一起去嗎？		
瑪麗	好。		

Situation ② （會話 ②）

菲力浦	這個星期六你要做什麼呢？	· samedi m.	星期六
瑪麗	沒有什麼特別的計畫。	· rien	沒什麼、什麼也沒有
菲力浦	你想跟我去跳蚤市場嗎？	· spécial	特別的
瑪麗	好主意！幾點見？	· tu veux	你想 原 vouloir
菲力浦	明天早上九點在地鐵伊蓮娜站。	· Puces	跳蚤市場
		· bon(ne)	好的
		· idée f.	想法
瑪麗	一言為定！星期六見！	· rendez-vous m.	約會
		· matin m.	早上
		· station f.	車站
		· métro m.	地鐵
		· entendu(e)	知道了

Situation ③（會話③）

Marie

Quel beau temps !

Léon

Oui, c'est vrai. Il fait très beau.

Marie

C'est parce qu'on est en été.

Léon

Mais il fait trop chaud.

Marie

Oui, j'ai soif.

Léon

On va au café ?

Marie

D'accord, on y va !

Situation ④（會話④）

Marie

Quel mauvais temps, aujourd'hui !

Léon

Oui, il fait gris et il y a du vent.

Marie

Oh, j'ai froid.

Léon

Quel temps fait-il demain ?

Marie

Demain, il va pleuvoir.

Léon

C'est vrai ? Je n'aime pas la pluie.

Léon

Situation ③（會話 ③）

瑪麗	天氣真好啊！	• beau, belle	美麗的、漂亮的
里昂	是啊！沒錯！天氣真的很好。	• temps m.	天氣、時間
瑪麗	因為現在是夏天。	• vrai	真的
里昂	太熱了。	• parce que	因為、由於
瑪麗	是啊！我口渴了。	• été m.	夏天
里昂	我們去喝杯咖啡嗎？	• trop	太
瑪麗	好，走吧！	• chaud(e)	熱的
		• soif f.	口渴

Situation ④（會話 ④）

瑪麗	今天天氣真的很糟！	• mauvais(e)	壞的
里昂	是啊！天氣陰陰的又颳風。	• aujourd'hui	今天
瑪麗	噢！我很冷。	• gris	灰色的
里昂	明天天氣如何？	• vent m.	風
瑪麗	明天會下雨。	• froid(e)	冷的
里昂	真的嗎？我不喜歡下雨。	• demain m.	明天
		• pleuvoir	下雨
		• pluie f.	雨

Actes de parole

天氣

37.mp3

le temps 天氣

 Il fait beau.
天氣好。

 Il fait gris.
陰天。

 Il pleut.
下雨。

 Il fait du vent.
颳風。

 La foudre
閃電

 La neige
雪

 J'ai froid.
我好冷。

 J'ai chaud.
我好熱。

身體狀態

 J'ai faim.
我餓了。

 J'ai soif.
我口渴。

 J'ai sommeil.
我睏了。

 J'ai mal.
我好痛。

味道

sucré
甜

salé
鹹

acide
酸

amer
苦

piquant
辣

01 第三類不規則動詞
venir 來

venir為第三類不規則動詞中最常用的動詞，須熟悉動詞變化。

★venir 的現在式動詞變化

je	viens	我來～	nous	venons	我們來～
tu	viens	你來～	vous	venez	您（們）來～／你們來～
il/elle	vient	他／她來～	ils/elles	viennent	他／她們來～

例 Tu viens avec nous ?　　　　你跟我們去嗎？

02 Rendez-vous + 時間 + 場所
幾點在哪裡見

在決定約定的時間時，很常使用的句型。

例 Rendez-vous à midi à la station.　中午在車站見面。

03 感嘆句
Quel + 形容詞 + 名詞

Quel等疑問形容詞原本為「什麼樣的、怎麼樣的」之意，這裡用來表達感嘆；與後面出現的名詞的陰陽性及單複數一致。

陰陽性・單複數	陽性單數	陰性單數	陽性複數	陰性單數
疑問形容詞	quel	quelle	quels	quelles

例 Quel beau temps aujourd'hui !　今天天氣真的很好！

Quelle chance !　　　　　　　運氣真好！

文法重點

04 虛主詞 主詞使用il

虛主詞Il用來表達時間、天氣等。

 Il fait beau. 天氣很好。

Il fait
- mauvais. 天氣很糟。
- chaud. 天氣很熱。
- froid. 天氣很冷。

05 avoir + 無冠詞的名詞

avoir後面常和無冠詞的名詞一起使用，此種句型需多多記憶。avoir動詞的用法已經在第五章p.85講解過，這裡來學一些在法語裡很常用的avoir慣用語說法。

avoir faim 肚子餓	avoir soif 口渴	avoir chaud 熱
avoir froid 冷	avoir mal 痛	avoir peur 怕

★avoir 的否定

je	n'ai pas	我沒有～	nous	n'avons pas	我們沒有～
tu	n'as pas	你沒有～	vous	n'avez pas	您（們）／你們沒有～
il/elle	n'a pas	他／她沒有～	ils/elles	n'ont pas	他／她們沒有～

 J'ai chaud. 我很熱。 J'ai faim. 我餓了。

J'ai soif. 我口渴。 Je n'ai pas faim. 我不餓。

◎ 此時名詞前不加de

句型練習

38.mp3

1 約定約會時間

問題			
	Vous êtes libre	quand ?	您什麼時候有空呢？
	Tu es libre	ce soir ?	你晚上有空嗎？

回答		
	Je suis libre mercredi.	我星期三有空。
	Non, j'ai un rendez-vous.	不行，我有約了。

2 決定約會場所

問題			
	On se voit	quand ?	我們什麼時候見面？
		où ?	我們在哪裡見面？

回答		
	On se voit	au café de la Paix. 我們在和平咖啡館見。
	Rendez-vous	à 7 heures du soir devant le cinéma.
		我們晚上7點在電影院前見。

3 詢問天氣

問題		
	Quel temps fait-il (là-bas) ?	（那裡）天氣如何？

回答		
		beau.	天氣很好。
	Il fait	mauvais.	天很很糟。
		chaud.	天氣很熱。

Culture Française 生活周遭的法語

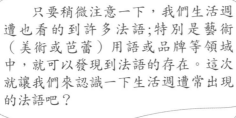

只要稍微注意一下，我們生活週遭也看的到許多法語；特別是藝術（美術或芭蕾）用語或品牌等領域中，就可以發現到法語的存在。這次就讓我們來認識一下生活週遭常出現的法語吧？

看看媽媽化妝台上的化妝品，好像幾乎都是法語耶!?

① 以法語為名稱的品牌

我們所知道的大部分化妝品的品牌名稱幾乎都是用法語或設計師名所命名的！

◆ 化妝品

CHANEL
L'OCCITANE
L'OREAL PARIS
LA ROCHE-POSAY
VICHY
BIOTERM
LANCÔME
CLARINS

所列之化妝品、服飾品牌主要來自法國，少部分來自其他國家。

◆ 服飾

agnès b.
Chloé
Celine
Comme des Garcons
Dior
Givenchy
Hermès
Isabel Marant
Le Coq Sportif
Pierre Cardin
Saint Laurent

◆ 食品

Bonne Maman （果醬）
illuminé Pâtisserie （甜點店）
Quelques Pâtisseries （甜點店）
Congrats Café （咖啡廳）
Une cuisine blanche （餐廳）
Chez Pierre （糕餅店）
Chichi Artisan Boulanger （麵包店）
la Boulange de Tibo （麵包店）
La Roche qui Chante （薄餅甜點店）
Le Puzzle Creperie & Bar （小酒館）

◆ 雜誌

我們所知道的大部分時尚雜誌的名字都是以法語來命名。因為我們的認知通常為：時尚＝巴黎＝法國

La Belle

Chic

Vogue

Figaro

Marie Claire

時尚與法國的關係，就好像熱戀中的情人，有著密不可分的關係。

◆ 其他

Librairie Le Pigeonnier （書店）
Atelier 50 （傢俱店）
Mon Décor （傢俱店）

La fleur （花店）
Maison Fleur （花店）

39.mp3

Madame

Voulez-vous passer à table ?

Monsieur

Oui.

Madame

Vous voulez vous mettre là?

Monsieur

Ça a l'air délicieux.

Madame

C'est quelque chose de très simple.
Alors, bon appétit !

Monsieur

Bon appétit !

Madame

Encore un peu de gâteau, Monsieur ?

Monsieur

Non, merci.

Madame

Vous êtes sûr ? Allez, un tout petit peu...

Monsieur

Non, vraiment.

Madame

Alors, un café , peut-être ?

Monsieur

Volontiers.

Leçon 13

女士　　您要到餐桌用餐了嗎？

先生　　好。

女士　　您要坐那裡嗎？

先生　　看起來很好吃。

女士　　這是非常簡單的東西。請好好
　　　　享用！

先生　　開動了！

- passer　　　　傳遞
- table f.　　　餐桌
- se mettre　　安置
- air m.　　　空氣、神情
- délicieux　　好吃的
- quelque chose　某樣東西、某件事情
- simple　　　簡單的
- appétit m.　　食慾、胃口

女士　　先生，再來點蛋糕？

先生　　不，謝謝。

女士　　您確定嗎？來嘛！再多吃一點
　　　　點。

先生　　不了，真的。

女士　　那麼，來杯咖啡如何？

先生　　我很樂意。

- encore　　　　再一次
- gâteau m.　　蛋糕
- petit(e)　　　小的
- vraiment　　　真的
- café m.　　　咖啡廳
- peut-être　　可能
- volontiers　　樂意、欣然

13

vendeur

Que prenez-vous ?

client

Alors deux salades niçoises, s'il vous plaît.

vendeur

Et comme dessert ?

client

Je voudrais de la mousse au chocolat.

cliente

Moi, je voudrais une glace.

vendeur

Tout de suite.

client

L'addition, s'il vous plaît !

vendeur

La voilà, Madame.

client

Voyons, ça fait combien ?

vendeur

Ça fait 53 euros, Madame.

Situation ③（會話 ③）

店員	您想吃什麼呢？	• prenez	吃 ⒁ prendre
客人1	那請給我兩份尼斯沙拉。	• salade f.	沙拉
店員	那甜點呢？	• niçois(e)	尼斯沙拉
客人1	我想要巧克力慕斯。	• dessert m.	甜點
		• mousse f.	慕斯
客人2	我呢！我想要一個冰淇淋。	• chocolat m.	巧克力
店員	馬上來。	• glace f.	冰淇淋
		• tout de suite	立刻、馬上

Situation ④（會話 ④）

客人	買單。	• addition f.	帳單
店員	（帳單）在這裡，女士！	• voyons	發語詞（引起注意） ⒁ voir
客人	那，總共多少錢？	• fait	做 ⒁ faire
店員	總共53歐元，女士。		

Actes de parole

飲食

40.mp3

1 用餐時的禮貌用語

A: Bon appétit !
請好好享用（美食）／開動囉！

2 在餐廳用餐

A: Vous êtes combien ?　　　　　　　你們幾位？

B: Nous sommes quatre.　　　　　　我們四位。

A: La carte, s'il vous plaît.　　　　　請給我菜單。

B: La voilà, Monsieur.　　　　　　　在這裡，先生。

A: Qu'est-ce que vous prenez ?　　　您想吃什麼呢？

B: Pour moi, je voudrais un coq au vin.　我呢！我要一份紅酒燒子雞。

A: L'addition, s'il vous plaît.
買單。

B: La voilà, Monsieur.
（帳單）在這裡，先生。

01 **動詞 mettre 放置**　　　　　　反身動詞 se + mettre 放置

mettre表示「放置」的意思，se mettre表示把自己放置於～。此時，反身代名詞se必須隨主詞人稱的不同和單複數而跟著變化。

★**mettre** 的現在式動詞變化

je	mets	我放～	nous	mettons	我們放～
tu	mets	你放～	vous	mettez	您（們）／你們放～
il/elle	met	他／她放～	ils/elles	mettent	他／她們放～

例　Je mets ma valise à terre.　我把我的行李箱放置於地板。

★**se mettre** 的現在式動詞變化

je	me mets	我坐	nous	nous mettons	我們坐
tu	te mets	你坐	vous	vous mettez	您（們）／你們坐～
il/elle	se met	他／她坐	ils/elles	se mettent	他／她們坐

例　Vous vous mettez là.　　請您坐在那裡。

> me, te, se後面遇到以母音或h啞音開頭的單字，需縮寫成m', t', s'。
> 字典裡，要找se mettre這類反身動詞時，必須找mettre這個動詞，然後釋義裡會標示v.pr，即為反身動詞se mettre。

02 **avoir l'air + 形容詞**　　　　　　看起來像～

avoir l'air後面的形容詞通常與主詞的陰陽性、單複數一致; 意思為「看起來像～」之意。與p.148的【項目05】一起把法語裡用avoir組成的慣用語記起來。

例　Elle a l'air content.　　她看起來很高興。

avoir l'air後面接的代表性形容詞

gentil(le) 親切的	mignon(ne) 可愛的	heureux, -se 幸福的	fâché(e) 生氣的
triste 傷心的	jeune 年輕的	vieux vieille 老的	haut(e) 高的
petit(e) 小的	lourd(e) 重的	léger, -ère 輕的	

---

03 **quelque chose / rien + de + 陽性形容詞**
這是（某樣東西、某件事）／無、沒有

陽性形容詞如果要修飾quelque chose / rien的話，須在兩者中間加上de。

例 C'est <u>quelque chose</u> de <u>très simple</u>. 這是非常簡單的事。

---

04 **comme** 作為、當作

comme用來表示在…方面／部分時，後面直接加名詞，不加冠詞。

例 Que désirez-vous comme boisson？ 飲料部分，您要喝什麼呢？
Comme dessert？ 甜點呢？

---

05 **表示飲食的材料 au(= à + le), à la**

料理名字後面加上au或à la，再加上材料來表示「添加～」。

例 un coq au vin （使用紅葡萄酒的一種雞肉料理）
la mousse au chocolat 巧克力慕斯

---

06 **代名詞受格 + voici / voilà**

通常介系詞voici或voilà後面接名詞，如果是接受詞人稱代名詞的話，須置於voici/voilà之前。

voici voilà + 名詞   受詞人稱代名詞 + voici voilà

例 Me voici. 我在這裡。   La voilà. 她來了；她到了／
Voici mon livre. 這是我的書。   那個東西在這裡。

1 提供餐點

| 問題 | Encore un peu de | fromage ? | 還要一些起司嗎？ |
| | | viande ? | 還要一些肉嗎？ |

| 回答 | Oh, je veux bien, merci. | 好，我要，謝謝。 |
| | Non, merci. | 不，謝謝。 |

2 表達好吃

C'est	délicieux.	很好吃。
	excellent.	很棒。
Ça a l'air délicieux.		看起來很好吃。

3 點餐

問題	Qu'est-ce que vous	prenez ?	您想吃什麼？
		désirez ?	您想要什麼？
		voulez ?	您想要什麼？

| 回答 | Je | voudrais | une salade. | 我想要一份沙拉。 |
| | | prends | de la bière. | 我喝啤酒。 |

Culture Française 美食天國！法國

今天就讓我們會認識一下令諸多美食家喜愛的法國料理－蝸牛料理和葡萄酒。

哇！
看起來好好吃。

① 歷史背景

　　法國人是味覺發達的民族，在冷熱季節交替的自然環境下，加上廣闊肥沃土地所孕育出來的豐富的材料和海鮮，及料理不能沒有的美酒，使得法國料理發展成為世界上知名的料理。

法國料理中，醬料扮演一個非常重要的角色。廚師運用各式各樣的食材和辛香料調配為法國料理美味的秘訣。因此如果到法國，一定要嚐嚐美味且多樣化的法國料理。

② 法國料理的特色

　　法國料理的特色是運用高超的技術而製造出美味的葡萄酒、辛香料和醬料。葡萄酒與法國料理的關係密不可分，隨著產地的不同，所產出的葡萄酒的味道、色澤和香氣等也不同，種類繁多，依據食材而選擇適合的葡萄酒。

辛香料是由香菜的莖、胡椒、月桂葉、歐洲芹菜、肉豆蔻和肉桂等三五種成份調配而成，創造出奇妙的味道。醬料在法式料理中扮演著創造多元味覺的重要角色。

真～好～喝

③ 法式料理的排餐

1. Apéritif 促進食慾的飲料 ：在用餐前食用，促進食慾

2. Hors-d'oeuvre 開胃小菜 ：簡單的蔬菜類

3. Entrée 前菜 ：食用澱粉類前的簡單料理

4. Plat principal 主菜 ：主要為viande（肉類）、poisson（魚）

5. Fromage ：起司

6. Dessert 甜點 ：蛋糕或冰淇淋

7. Café 咖啡

　　其中Entrée, Plat principal和Dessert這三道不可或缺。
　　開動前說聲Bon appétit（請好好享用）以表示禮貌，用餐過程中，通常會搭配飲用礦泉水或葡萄酒。
　　紅葡萄酒主要是吃肉類時飲用，白葡萄酒則是與海鮮搭配飲用，而玫瑰葡萄酒與任何料理搭配飲用都很合適。

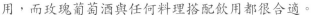

14 請給我一張到夏特爾的火車票
Un billet pour Chartres, s'il vous plaît !

client

Un billet pour Chartres, s'il vous plaît !

employée

En première ou en seconde ?

client

En seconde.

employée

Un aller simple ou un aller-retour ?

client

Un aller simple.

cliente

Un billet aller (et) retour pour Cannes, s'il vous plaît !

employé

Par l'express ?

cliente

Non, le TGV.

employé

Fumeurs ou non-fumeurs ?

cliente

Non-fumeurs.

Leçon 14

Situation ① (會話 ①)

客人	請給我一張到夏特爾的火車票！	
職員	頭等艙還是二等艙？	
客人	二等艙。	
職員	單程票還是來回票呢？	
客人	單程票。	

- billet [m.]　　票、乘車票、入場卷
- première [f.]　第一的、首要的
- ou　　　　　　或
- seconde [f.]　第二的、次要的
- aller (et) retour　來回票

Situation ② (會話 ②)

客人	請給我一張坎城的來回票。
職員	快速火車嗎？
客人	不，高速火車。
職員	吸菸車廂還是禁菸車廂？
客人	禁菸車廂。

- express [m.]　　快速火車
- TGV [m.]　　高速火車
- fumeur [m.]　　吸菸的人
- non-fumeur [m.]　不吸菸的人

163

14

Monsieur

Je voudrais aller au parc Monceau.
Vous pouvez me dire où il faut descendre ?

Mademoiselle

Vous descendez rue du Faubourg, au quatrième arrêt.

Monsieur

Combien de temps je vais mettre à pied ?

Mademoiselle

Oh, environ 10 minutes.

Monsieur

Vous m'emmenez à l'aéroport de Roissy, s'il vous plaît

chauffeuse

Oui, Monsieur.

Monsieur

Vite, je suis pressé.

chauffeuse

D'accord.

Monsieur

C'est combien ?

chauffeuse

Ça fait 28 euros.

Monsieur

Gardez la monnaie, s'il vous plaît !

Leçon 14

先生	我想要去蒙梭公園。您能告訴我要在哪裡下車嗎？	
小姐	您在第四站法布街下車。	
先生	走路需要花多少時間呢？	
小姐	哦！大概10分鐘左右。	

- parc m.   公園
- Monceau   蒙梭
- dire   說（話）
- descendre   下車
- rue f.   路、街
- Faubourg   法布
- quatrième   第四的
- arrêt m.   停止、（公車）停靠站
- temps m.   時間、天氣
- mettre   花（時間）、放置
- pied m.   腳
- environ   大約、大概
- minute f.   分鐘

先生	請您載我到華西機場？
司機	是，先生。
先生	請快一點，我趕時間。
司機	知道了。
先生	多少錢？
司機	28歐元。
先生	不用找零了。

- emmenez   載、帶領 原 emmener
- l'aéroport de Roissy   華西機場
- pressé(e)   匆忙的
- gardez   保管、保留 原 garder
- vingt-huit   28
- monnaie f.   零錢

Actes de parole

交通

1 交通

Qu'est - ce que tu prends ?　你搭什麼？

en bus （搭）公車	en voiture （搭）汽車	en métro （搭）火車
 en taxi （搭） 計程車	en avion （搭）飛機	à pied 走路

carrefour
十字路口

Je me suis perdu(e).
我迷路了

feux
紅綠燈

tourner
轉（英語的 turn）

tout droit
直走

à droite
右轉

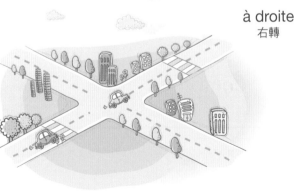

à gauche
左轉

01　介系詞 pour

往～、為了～、給

pour 為介系詞，有「往～、為了～、給」之意。需特別注意介系詞後面出現的動詞或名詞的形態。

❶ 往～

Un billet pour Avignon aller et retour, s'il vous plaît !
請給我一張亞維儂的來回票。

Combien de temps faut-il pour aller à Lyon en train ?
搭火車到里昂要花多少時間？

❷ 為了～

C'est un cadeau pour toi.　　　　　　　　這是給你的禮物。

❸ 給～

Pour moi, un poulet au riz.　　　　　　　給我雞肉配飯。

02　Combien de temps... ?

多少時間...？

Combien（多少）為疑問副詞; 為詢問場所、時間、理由等的疑問詞，無陰陽性、單複數之分，Combien後面接名詞時，需先加上de，再加上名詞。

哪裡	什麼時候	如何	為什麼	多少
où	quand	comment	pourquoi	combien

Combien de temps je vais mettre à pied ?　　走路要花多久時間？

Combien ✚ de ✚ 名詞　以母音或啞音h開頭要單字要縮寫成d'

Combien de personnes ?　　　　Combien coûte ce briquet ?
幾個人？　　　　　　　　　　　這個打火機多少錢？

Combien d'années ?　　　　　　Combien de fois ?
幾年？　　　　　　　　　　　　幾次？（回數）

03　命令句

命令句隨著主詞人稱的不同，動詞有下列三種變化。

1)tu~ 你（做），2)nous ~ 我們（一起做）， 3)vous ~ 你們（做）只有tu（你）、nous（我們）、vous（你們）這三個人稱可以構成命令句，主詞必須省略。

以-er結尾的動詞，在第二人稱tu（你）時的現在式動詞字尾需省略掉s。

	主詞	現在式	命令式	意思
aimer 愛	tu	aimes	**Aime !**	你愛吧！
	nous	aimons	**Aimons !**	我們愛吧！
	vous	aimez	**Aimez !**	你們愛吧！

例　Attendez un moment !　　　　　　　　等一下！
　　Appelez-moi un taxi, s'il vous plaît !　幫我叫計程車！

否定命令的情況 ne ~ pas中間加上現在式動詞變化

例　Ne venez pas demain !　　　　　　　　明天不要來！

être（是～）與avoir（有～）命令句的動詞變化較特殊，必須熟記

主詞	**être** 是～	**avoir** 有～
tu	sois	aie
nous	soyons	ayons
vous	soyez	ayez

例　N'aie pas peur !　　　　　　　　　　別害怕！

04　Il faut + 時間 + pour + 原形動詞　　　花多少時間去做～

意思為「花多少時間去做～」，介系詞pour（為了～）後面需接原形動詞。

例　Il faut à peu près 15 minutes pour aller à l'école.
　　去學校大約要花15分鐘左右。

句型練習

44.mp3

I

① Aller simple,

② Aller-retour,

③ Première classe,

④ Seconde classe,

⑤ Fumeurs,

⑥ Non fumeurs,

⑦ Un billet pour Avignon,

s'il vous plaît.

1. premier(ère)　第一的、首要的
2. deuxième　第二的、次要的
3. troisième　第三的
4. quatrième　第四的
5. cinquième　第五的

① 給我單程票。
② 給我來回票。
③ 給我頭等車廂的票。
④ 給我二等車廂的票。
⑤ 給我吸菸車廂的票。
⑥ 給我禁菸車廂的票。
⑦ 給我一張到亞維儂的票。

2　公車

Un ticket,

Un plan des autobus

s'il vous plaît.

給我一張票。

給我一份公車路線圖。

問題　Quel bus prend-on pour

la Tour Eiffel ?

les Puces ?

[去艾菲爾鐵塔／跳蚤市場] 要搭幾號公車？

回答　Le 45.

45號。

3　計程車

Conduisez-moi à la gare,

Vous m'emmenez à l'aéroport,

s'il vous plaît !

請帶我到車站。

請帶我到機場。

Culture Française 歐洲聯盟EU與歐元EURO

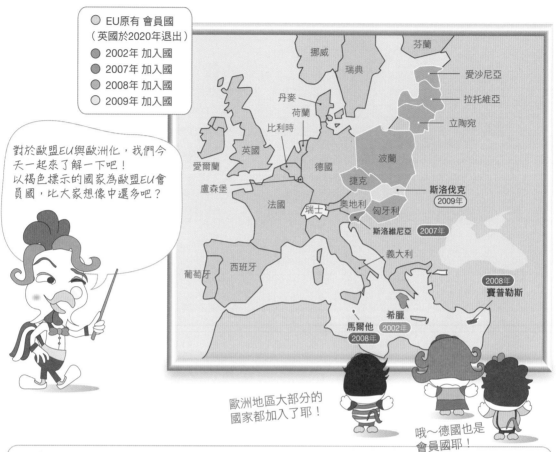

- ○ EU原有 會員國
  （英國於2020年退出）
- ● 2002年 加入國
- ● 2007年 加入國
- ● 2008年 加入國
- ○ 2009年 加入國

對於歐盟EU與歐洲化，我們今天一起來了解一下吧！
以褐色標示的國家為歐盟EU會員國，比大家想像中還多吧？

挪威　芬蘭
瑞典
愛沙尼亞
拉托維亞
丹麥
荷蘭　立陶宛
比利時
英國
愛爾蘭　波蘭
盧森堡　德國
捷克　**斯洛伐克**
法國　奧地利　匈牙利　(2009年)
瑞士　**斯洛維尼亞** 2007年
義大利
葡萄牙　西班牙
2008年
賽普勒斯
希臘
馬爾他 2002年
2008年

歐洲地區大部分的國家都加入了耶！

哦～德國也是會員國耶！

---

① 歐元EURO

　　歐洲十一個國家所組成的聯盟，各國間使用共同的貨幣，與美元相抗衡，為了圖謀各自國家的經濟發展而形成單一的通用貨幣。在這數十年間，常遭受「究竟是否可行」的質疑，自1999年1月1日發行的歐洲單一貨幣-歐元，到現在已經穩定的成長。

　　有鑑於此，歐洲的經濟專家預言了從21世紀開始將會是歐洲的時代。歐元在幾年裡，擁有國際信用及外匯優勢，地位將扶搖直上，達到與美元相互匹敵的地位。

　　然而，雖然有幾個國家仍然在觀望，尚未加入歐盟，往後須克服各國經濟差異的課題。

法語圈 La francophonie

　　全世界四十三個國家約二億多人使用法語，在三十五個國家的國際機構裡為國際通用語。在比利時、瑞士、盧森堡和摩納哥等歐洲國家和北非馬格里布地區(le Maghreb)的三個國家—突尼斯、摩洛哥、阿爾及利亞、亞洲印度、越南、緬甸、柬埔寨、寮國等國和中東的黎巴嫩、北美的加拿大部分地區、南太平洋的波利尼西亞群島和加勒比海鄰近的中南美聯合國皆使用法語。

　　法語圈的法語國家首腦會議(Sommets de la francophonie）自1986年以來，共有四十多個國家參與並定期地舉行，法國政府基於加強法語圈之間的凝聚力，首次在行政院設立文化部(Ministère de la culture)的概念。

　　用藍色標示的國家是使用法語的法語圈國家。

　　要記得全世界有四十三個國家約二億多人使用法語，三十五個國家把法語列為國際通用語。

時態	動詞 人稱	être 是～	avoir 有	aller 去	venir 來	
現在時	je	suis	ai	vais	viens	
	tu	es	as	vas	viens	
	il/elle	est	a	va	vient	
	nous	sommes	avons	allons	venons	
	vous	êtes	avez	allez	venez	
	ils/elles	sont	ont	vont	viennent	
未完成 過去時	je	étais	avais	allais	venais	
	tu	étais	avais	allais	venais	
	il/elle	était	avait	allait	venait	
	nous	étions	avions	allions	venions	
	vous	étiez	aviez	alliez	veniez	
	ils/elles	étaient	avaient	allaient	venaient	
簡單 未來時	je	serai	aurai	irai	viendrai	
	tu	seras	auras	iras	viendras	
	il/elle	sera	aura	ira	viendra	
	nous	serons	aurons	irons	viendrons	
	vous	serez	aurez	irez	viendrez	
	ils/elles	seront	auront	iront	viendront	
過去分詞		été	eu	allé	venu	

s'appeler 名字是～	habiter 住	rencontrer 見面、遇見	voir 看（見）
m'appelle	habite	rencontre	vois
t'appelles	habites	rencontres	vois
s'appelle	habite	rencontre	voit
nous appelons	habitons	rencontrons	voyons
vous appelez	habitez	rencontrez	voyez
s'appellent	habitent	rencontrent	voient
m'appelais	habitais	rencontrais	voyais
t'appelais	habitais	rencontrais	voyais
s'appelait	habitait	rencontrait	voyait
nous appelions	habitions	rencontrions	voyions
vous appeliez	habitiez	rencontriez	voyiez
s'appelaient	habitaient	rencontraient	voyaient
m'appellerai	habiterai	rencontrerai	verrai
t'appelleras	habiteras	rencontreras	verras
s'appellera	habitera	rencontrera	verra
nous appellerons	habiterons	rencontrerons	verrons
vous appellerez	habiterez	rencontrerez	verrez
s'appelleront	habiteront	rencontreront	verront
appelé	habité	rencontré	vu

自學、教學都適用！基礎學習＋文法＋會話，

最好學的法語入門書

附QR碼線上音檔＋重點文法手冊

從法語字母、發音開始教起，每個發音都附有學習音檔，沒基礎也能學！大量表格、插圖輔助學習！內容最實用！簡明易懂！輕鬆了解法語文法！以有趣、幽默的插圖解說法國文化，法語怎麼學都不無聊！

作者：朴鎮享

一次搞懂有性別的語言！
輕鬆圖解一看就懂的法語文法入門書

附MP3

史上第一本，圖解＋表格＋用國中生也懂的解說方式，讓你輕鬆搞懂法語，就像喝下午茶一樣悠閒，聊著聊著，自然開口說法語‧一次搞懂有性別的語言！

作者：清岡智比古

100% 原汁原味來自法國！
專為華人設計的法語學習書

附MP3

全方位收錄生活中真正用得到的對話，旅遊、留學、職場、度假打工、購物、交友等需求全都包！ 40 個主題：60 個簡短對話＋30 個進階場景會話，用來自學、教學、在當地生活通通都可以。

作者：Sarah Auda

你想要的法語學習教材，盡在國際學村！

適合大家的法語初級文法課本，
基本發音、基本詞性、全文法應用全備！

附MP3＋全書音檔下載QR碼

58堂邏輯連貫、有系統的文法精華課程，「概念相互連貫」及「套用句型」的課程設計，讓學習前後串連，在短時間內掌握複雜的法語文法！

作者：王柔惠

照片單字全部收錄！
全場景1500張實境圖解

附MP3

全國第一本「實境式全圖解」法語單字書！來自法國真實生活，以實地及多年經驗研製，更勝一般憑空想像的模擬學習。從居家到戶外、從飲食到烹飪、從旅遊到購物，食衣住行育樂樣樣全包！

作者：Sarah Auda

專為華人設計，
真正搞懂法語構造的解剖書

附中、法文雙索引查詢

史上最完整、最詳細、品質最好，從初級～高級都適用，可搭配任何教材！專為華人設計，真正搞懂法語構造的解剖書。「清楚易懂」＋「表格式解說」，一次釐清法語文法構成的要素，聽說讀寫從此不出錯。

作者：六鹿豐

台灣廣廈 國際出版集團
Taiwan Mansion International Group

國家圖書館出版品預行編目（CIP）資料

我的第一本法語課本【QR碼行動學習版】/朴鎮亨著.
-- 修訂一版. -- 新北市：國際學村, 2024.04
　面；　公分.
ISBN 978-986-454-331-1（平裝）
1.CST: 法語　2.CST: 讀本

804.58　　　　　　　　　　　　　112022150

 國際學村

我的第一本法語課本【QR碼行動學習版】

作　　　者／朴鎮亨		編輯中心編輯長／伍峻宏・編輯／古竣元	
譯　　　者／蔡忠仁		封面設計／何偉凱・內頁排版／菩薩蠻數位文化有限公司	
審　　　定／楊淑娟		製版・印刷・裝訂／東豪・弼聖・秉成	

行企研發中心總監／陳冠蒨　　　　線上學習中心總監／陳冠蒨
媒體公關組／陳柔彣　　　　　　　產品企製組／顏佑婷、江季珊、張哲剛
綜合業務組／何欣穎

發　行　人／江媛珍
法 律 顧 問／第一國際法律事務所 余淑杏律師・北辰著作權事務所 蕭雄淋律師
出　　　版／國際學村
發　　　行／台灣廣廈有聲圖書有限公司
　　　　　　地址：新北市235中和區中山路二段359巷7號2樓
　　　　　　電話：（886）2-2225-5777・傳真：（886）2-2225-8052
讀者服務信箱／cs@booknews.com.tw

代理印務・全球總經銷／知遠文化事業有限公司
　　　　　　地址：新北市222深坑區北深路三段155巷25號5樓
　　　　　　電話：（886）2-2664-8800・傳真：（886）2-2664-8801
郵 政 劃 撥／劃撥帳號：18836722
　　　　　　劃撥戶名：知遠文化事業有限公司（※單次購書金額未達1000元，請另付70元郵資。）

■出版日期：2024年04月　　　　ISBN：978-986-454-331-1
版權所有，未經同意不得重製、轉載、翻印。